INDISCRECIONES AMOROSAS

KATHERINE GARBERA

Editado por HARLEQUIN IBÉRICA, S.A.
Núñez de Balboa, 56
28001 Madrid

© 2012 Katherine Garbera
© 2014 Harlequin Ibérica, S.A.
Indiscreciones amorosas, n.º 111 - 26.11.14
Título original: A Case of Kiss and Tell
Publicada originalmente por Harlequin Enterprises, Ltd.

I.S.B.N.: 978-84-687-4805-4
Depósito legal: M-24089-2014
Editor responsable: Luis Pugni
Impresión en CPI (Barcelona)
Fecha impresion para Argentina: 25.5.15
Distribuidor exclusivo para España: LOGISTA
Distribuidor para México: CODIPLYRSA
Distribuidores para Argentina: interior, BERTRAN, S.A.C. Vélez
Sársfield, 1950. Cap. Fed./ Buenos Aires y Gran Buenos Aires,
VACCARO SÁNCHEZ y Cía, S.A.

Capítulo Uno

Conner Macafee estaba acostumbrado a que los periodistas anduvieran siempre indagando en su familia. Su tío abuelo había sido hombre de confianza de John F. Kennedy, y su familia era considerada el equivalente a la realeza del país, tanto en política como en los negocios.

Pero Nichole Reynolds, periodista de sociedad que trabajaba en el periódico de ámbito nacional *America Today*, hacía su trabajo de un modo completamente distinto. Se había colado en la fiesta que su familia había organizado para celebrar el Día del Cuatro de Julio en Bridgehampton, haciendo todo cuanto había podido para no desentonar, pero por el momento no lo había conseguido. Además, sabía por qué estaba allí Nichole: porque él había rechazado sus peticiones de entrevistarle, tanto las de la periodista como las de sus jefes. Sabía que era amiga de Willow Stead, la productora de *Sexy and Single*, el programa de televisión patrocinado por su empresa, Matchmakers Inc. Estando como estaba el programa en antena, Nichole quería escribir una serie de artículos sobre el servicio de búsqueda de pareja que había fundado su abuela. Pero no confiaba en los periodistas, y nunca concedía entrevistas. Para eso tenía en nómina a un director de marketing.

–¿Quién es, Conner? –le preguntó su madre, Ruthann Macafee.

–¿A quién te refieres, madre? –le preguntó él, apartando la vista de Nichole. La miraba constantemente solo porque pretendía tenerla controlada, nada más. Ni su impresionante melena pelirroja, que le caía en ondas hasta más abajo de los hombros, ni el increíble vestido blanco ceñido que llevaba suscitaban su interés

–A la mujer a la que estás mirando embobado. No la conozco, así que supongo que no pertenece a nuestro círculo.

Su madre tenía sesenta y cinco años, pero parecía ser por lo menos quince años más joven gracias al estilo de vida que llevaba. Jugaba al tenis y organizaba actos benéficos. Incluso cuando un accidente de avión segó la vida de su padre y dejó al descubierto un escándalo que habría destrozado a otras mujeres, ella se enfrentó a todo con su modo de hacer fuerte y discreto.

–Nichole Reynolds, una periodista –le informó.

–Ay, Dios. Me pregunto qué hará aquí.

Conner le pasó un brazo por los hombros.

–Ese programa de la tele en el que estoy participando… quiere entrevistarme por eso.

–¿De verdad? ¿Y vas a concederle la entrevista? Siempre me ha parecido de muy mal gusto hablar de la vida privada de las personas.

–Soy consciente de ello –contestó Conner, besándola en la frente–. Creo que lo mejor será que nos deshagamos de ella antes de que pueda comprometernos.

–Buena idea. ¿Quieres que le pida a Darren

que la acompañe a la salida? Y, por cierto, ¿cómo ha conseguido entrar?

–No hay por qué molestar al jefe de seguridad con algo así –respondió. Él llevaba ocupándose de mujeres de esa clase desde los catorce años–. Seguramente ha venido como acompañante de alguien.

–El año que viene me aseguraré de que las invitaciones sean más restrictivas –contestó su madre–. No quiero que puedan colársenos más de su clase.

–¿De la clase de quién? –preguntó Jane, su hermana, que acababa de llegar junto a ellos.

Jane era una mujer elegante y moderna que tenía su propio programa en televisión de cocina y tendencias. No rehuía a los medios como él y su madre, pero era porque ella apenas había sufrido el mazazo de la infidelidad de su padre.

–De una periodista.

–El azote de Dios –bromeó Jane, guiñándole un ojo–. ¿Dónde está? Ya me ocupo yo de ella.

–Yo lo haré –intervino Conner, intentando cortar por lo sano la conversación.

–¿Quién es?

–La pelirroja –contestó su madre.

–Ah… ya veo por qué quieres ocuparte tú. A por ella, hermanito.

–Mamá, creo que a esta niña deberías haberle aplicado más disciplina cuando era pequeña

–Es perfecta –contestó su madre, tras lo que Jane le sacó la lengua a su hermano.

Moviendo la cabeza, se alejó de ambas y fue abriéndose paso entre los asistentes a la fiesta.

Ella lo miró al verlo acercarse y en sus ojos vio

aflorar la culpabilidad un instante, antes de que la ocultara tras una brillante sonrisa.

—Conner Macafee —exclamó, quizás con demasiado entusiasmo—. El hombre al que quería ver.

—Nichole Reynolds —le contestó él imitando su energía—. La mujer a la que no recuerdo haber invitado.

—Si hubiera tenido que esperar a recibir una invitación de tu parte, nunca habría tenido la oportunidad de hablar contigo en persona.

—Eso es porque no concedo entrevistas.

Su padre había estado metido en política, e incluso después de abandonar esa actividad, sus negocios requerían de la prensa, para lo que los periodistas debían tener libre acceso a su vida. Ya con quince años, Conner había sido fotografiado y entrevistado por todas las revistas del corazón, y detestaba vivir en una pecera. Entonces se juró que no permitiría que le ocurriera lo mismo cuando fuese adulto.

La verdad era que se le había dado bastante bien, teniendo en cuenta que llevaba una vida social bastante activa e incluso tenía fama de ser un mujeriego; nunca concedía entrevistas y rara vez conseguían captarlo los objetivos de los paparazzi.

—Creo que estás reaccionando así por alguien del pasado —dijo ella, una vez estuvieron algo alejados de la gente, y se soltó de su brazo—. Prometo que será indoloro.

—A lo mejor lo que me gusta es el dolor —respondió Conner, principalmente para no morder su anzuelo, pero también porque a veces tenía la sensación de que sentir dolor era el único modo de recordar que estaba vivo.

—¿Me responderías a unas cuantas preguntas?

—No.

—Estoy dispuesta a hacer lo que sea para conseguir esta entrevista, Conner.

Su determinación le sorprendió. Hacía mucho tiempo que no se encontraba con alguien tan decidido a conseguir algo de él.

—¿Lo que sea?

—Sí. Todo el mundo sabe que siempre consigo contar la historia que quiero contar, y me estás haciendo quedar mal en el trabajo.

—Y eso no podemos permitirlo, ¿verdad? —le preguntó él, poniendo con suavidad las manos en sus hombros.

Era alta para ser mujer. Debía de rondar el metro setenta y seis. Aun así solo le llegaba a la altura del pecho y le gustó la sensación de poder que le otorgaba mirarla desde arriba.

—Sabes que no concedo entrevistas.

—Pero esto es distinto. Ahora tienes un programa de televisión.

—Yo no. Mi empresa. Es muy diferente.

—Tu padre no lo entendía del mismo modo. Prácticamente vivía en las páginas del *Post*.

—Yo no soy mi padre. Mi respuesta sigue siendo no.

—Por favor… —insistió ella, echando hacia atrás la cabeza con un mohín en los labios.

Tenía una boca tan sensual que Conner deseó gemir en voz alta, y sintió un latigazo de lujuria.

—Podría llegar a hacerlo, pero el precio sería alto.

–Fíjalo tú.

Con dos dedos tomó un mechón de su pelo y se lo enrolló en el índice, ante lo cual ella se sonrojó. Tenía la piel clara con algunas pecas poco marcadas, y Conner la sintió suave bajo su mano. La deseaba.

Pero sabía que nunca podría estar con ella. No podía estar con una mujer en la que no confiaba y cuya lealtad acabaría estando siempre con su periódico. Pero tampoco quería dejarla marchar sin robarle al menos un beso

–Sé mi amante durante un mes, y contestaré a todas tus preguntas.

Nichole clavó la mirada en los ojos más azules que había visto nunca e intentó comprender lo que acababa de oír. No se había imaginado que un hombre tan… conservador pudiera excitarla tanto. Vivían en mundos diametralmente opuestos, y sabía que estaba jugando con ella.

Estaba acostumbrada a hacer lo que fuera necesario para conseguir una historia, pero aquello era… arriesgado, y el problema era que deseaba contestar que sí. Pero su sentido de la ética la empujaba a dar un paso atrás, aun a sabiendas de que la estaba poniendo contra las cuerdas a propósito.

–¿Un mes? Pero ¿qué clase de secretos guardas? Solo tenía pensado preguntarte acerca de Matchmakers, pero por ese precio, tendrías que darme acceso hasta el último rincón de tu persona.

Sabía que no estaba dispuesto a negociarlo. ¿Por qué iba a estarlo? Había leído lo que publicó la prensa tras la muerte de su padre, los detalles de la otra familia que Jed Macafee había mantenido oculta, y fotos de Conner y su hermana, Jane, abandonando el país en el avión de un millonario griego, los dos con un aire de infinita tristeza donde antes todo eran sonrisas.

Conner jamás permitiría que le entrevistara. Desde el primer momento sabía que sería una carambola, pero había decidido intentarlo de todos modos. Su padre siempre decía que había que romper un montón de huevos para hacer una tortilla.

—No. Si accedes, seré yo quien especifique los parámetros, y, si traspasas un solo límite establecido, te marcharás y no volverás a molestarme.

—Si accedo, cerraremos un acuerdo que nos parezca interesante a los dos. ¿Cómo se te ha ocurrido proponerme algo así?

—Porque sé que me vas a decir que no —respondió él, con la confianza de un hombre convencido de tener todas las cartas en la mano—. Aunque la verdad es que me gustaría mucho besarte.

—¿Un beso, una pregunta? —sugirió Nichole.

Él la miró enarcando las cejas.

—¿Y eso va a ser suficiente para ti?

—¿Y para ti lo va a ser un beso? —contraatacó ella. Era la primera vez que sentía un deseo tan repentino por un hombre. Al menos, un hombre en la vida real, porque tenía que reconocer que la primera vez que vio a Daniel Craig haciendo de James Bond había sentido deseo al instante.

—No —admitió Conner.

—Bien. Entonces, ¿seguimos con lo de una pregunta, un beso?

–Un beso es todo lo que quiero. Un poco más, y tendrás que acceder a ser mi amante.

«Su amante». Sonaba fascinante. Siempre había deseado secretamente poder ser Gigi y que su Louis Jourdan la mirara y sintiera el zarpazo de la pasión de inmediato, pero ¿sería capaz de hacerlo?

–Quiero hacer una serie de entrevistas sobre las relaciones entre hombre y mujer, y cómo imperan en nuestra sociedad servicios y páginas web como Matchmakers Inc. No había pensado preguntarte nada personal, Conner.

–¿No me habrías preguntado si he recurrido alguna vez a esos servicios?

–Bueno, admito que seguramente te habría hecho alguna pregunta personal. Soy una buena periodista.

Se moría por saber si la familia secreta de su padre era la razón por la que él continuaba soltero, y sabía que, si conseguía sonsacarle la respuesta, podría ponerle el precio que quisiera a la entrevista y venderla al mejor postor. Pero el precio a pagar era elevado. ¿Podría mirarse al espejo a la mañana siguiente si accedía a semejante acuerdo?

Los periódicos compraban toda clase de entrevistas de continuo, pero pagar con su cuerpo... en fin, que no le parecía bien. ¿Sabría cómo engatusarlo y hacerle creer que se acostaría con él, y alimentar mientras su lujuria con besos para conseguir lo que quería de él?

Conner le estaba pidiendo algo que no le había entregado antes a ningún otro hombre: control sobre su cuerpo. Pero le estaba ofreciendo a cambio algo que nunca le daría a otra mujer: acceso a su vida privada.

–Ya me lo imaginaba. Entonces, ¿qué decides, Nichole? ¿Quieres venirte conmigo y ser mi amante, o le pido a alguien de seguridad que te acompañe a la puerta?

Ladeó la cabeza mientras sopesaba el asunto. Debería decir que no, eso estaba claro. El buen juicio era lo que pedía. Pero ser razonable no era su prioridad en aquel momento.

Sentía mucha curiosidad y se dio la vuelta para que la acompañase a sentarse en un banco rodeado de setos, donde pudieran tener un poco de intimidad.

Seguía teniendo las manos sobre sus hombros, el calor que desprendía su cuerpo la quemaba, y el perfume de su loción era de lo más tentador. Un beso era lo mínimo que podía desear.

–No puedo decidir hasta que nos hayamos besado –le dijo.

–¿Por qué?

–Porque necesito saber exactamente dónde me estoy metiendo. La química sexual no es exacta como las matemáticas.

Deslizó una mano por su brazo y llegó a su cintura, y la acercó hacia él, mientras con la otra buscaba su nuca. Estaba ligeramente desequilibrada y tuvo que sujetarse en él antes de mirarle a los ojos, tan azules.

Él bajó la cabeza muy despacio, sin dejar de mirarla un instante, y ella se humedeció los labios, que se le habían quedado secos. Pero Conner no se apresuró. Tenía unas gruesas pestañas negras, tan negras como su pelo, y le parecieron preciosas, aunque, a decir verdad, todo en él le gustaba.

Sintió su aliento en la boca poco antes de que la rozara con aquellos labios húmedos, duros y perfectos. La caricia de sus bocas fue liviana, y dejó sus labios temblando. Ladeó la cabeza y ella sintió la punta de su lengua colarse entre ellos.

Frotó su lengua con la de ella y Nichole se olvidó de respirar mientras el temblor que se le había iniciado en los labios le bajaba por el cuello y llegaba al pecho. Donde quiera que la tocara se generaba un fuego, una sensación intensa, y se apoyó más aún en él para saborear el interior de su boca.

Conner se separó pero no la soltó. Sabía que lo razonable era alejarse de él, pero su cuerpo le pedía lo contrario, sentía los senos llenos y anhelaba poder frotarlos contra su pecho. Él la miraba fijamente y percibió un brillo de indecisión en sus ojos.

Con eso bastó para confirmarle que él estaba tan desorientado por aquella súbita acometida de deseo como ella. Le besó una vez más antes de separarse.

—Bueno. Ha llegado el momento de la pregunta, ¿no?

—Sí. Y eso ya cuenta como pregunta.

Demonios… debería haberse imaginado que jugar con él no era fácil y que ganarle no iba a ser tan sencillo.

—Hablemos. No pensé que fueras a ser tan tramposo.

—Esta noche, no. Tengo que volver a la fiesta.

De ningún modo iba a permitir que se marchara, y menos así, de modo que puso la mano en su brazo cuando ya se daba la vuelta para marcharse y, sosteniendo su cara entre las manos, lo besó con todo su ardor.

Él la sujetó por la cintura y se fundieron en un beso descarado y apasionado, terrenal y sensual.

–¿Es eso un «sí» a ser mi amante? –preguntó con arrogancia.

–No tan deprisa. Tengo una pregunta que hacerte y no me vas a engañar como antes.

–¿Por qué quieres hacerme otra pregunta?

–Porque necesito estar segura de que la información que vas a darme vale el precio que estoy pagando.

–Muy bien, pregunta.

–¿Por qué sigues soltero siendo el propietario de un servicio de búsqueda de pareja que funciona a las mil maravillas?

–Porque lo prefiero.

–Eso es trampa.

–¿Trampa? ¿Por qué?

–Porque eso no es contestar.

–Es que es la única respuesta que tengo. Bueno, ¿sigues interesada o no?

–Quizás. Pero tus respuestas tendrán que ser mejores.

–Soy yo quien tiene todas las cartas.

–¿Seguro? –le preguntó, porque sabía que la deseaba. Se acercó de nuevo a él, pero no lo besó, sino que se aproximó cuanto pudo a su cuerpo, hasta tocarlo. Sus pechos se rozaban con él cuando se acercó a decirle al oído:

–Creo que tengo algo que tú quieres.

Conner la agarró por la cintura para tirar de sus caderas y que sintiera su erección. Nichole se estremeció.

–Trataremos los detalles mañana por la mañana –dijo–. En mi oficina, a las ocho.

Ella asintió, pero él ya se alejaba, y lo único que pudo hacer fue ver cómo se iba. No obstante, había conseguido una victoria, más o menos.

Ya no tenía objeto permanecer allí, de modo que echó a andar hacia su coche. Sabía que estaba corriendo un serio riesgo, pero decidió aceptar; conseguiría la historia, y al hombre.

Capítulo Dos

A la mañana siguiente, Nichole se vistió para matar en su apartamento del Upper East Side de Manhattan. El ascensor con paredes de espejo le devolvió su imagen y el silbido de alguien que pasaba al tiempo que ella subía a un taxi le confirmó que estaba perfecta.

Le dio al taxista la dirección y se relajó en el asiento, pero por dentro iba hecha un lío de besos y preguntas. Quería ser como Ann Curry, la afamada periodista: abierta y sencilla, pero capaz de hacerle preguntas difíciles que no quisiera contestar.

Tenía que mostrarle que estaba allí dispuesta a triunfar, que era una periodista seria… aunque el hecho de haber vendido una pregunta por un beso lo podía echar a perder. Pero de alguna forma necesitaba abrir la puerta.

El taxi se detuvo ante su edificio y pagó al taxista antes de bajar. Respiró hondo y se encaminó hacia la puerta giratoria. Sin dudar, entró con paso firme al vestíbulo.

Sonrió al guardia de seguridad al darle su nombre y el hombre se puso tan nervioso que se le cayó el bolígrafo. Empezaba bien. El guardia le entregó la identificación de visitante y le indicó dónde estaban los ascensores. Subió sola, y, cuando las puertas se abrieron, se encontró ante un enorme rótulo que decía Macafee International.

Una recepcionista anotó su nombre y la invitó a tomar asiento en la sala de espera.

—Señorita Reynolds, sígame, por favor —le dijo la recepcionista un par de minutos después.

Tomaron un largo pasillo hasta llegar a una puerta con el nombre de Conner en ella. Estaba abierta y entró. Lo primero que le llamó la atención fue el tamaño del despacho. Era grande, con una pared de cristal que daba al centro de la ciudad, y ella permaneció quieta casi un minuto, con el sol a espaldas de Conner, de modo que no pudo distinguir cuál fue su reacción.

Él se levantó y bordeó la mesa para ofrecerle la mano.

—Buenos días, señorita Reynolds.

—Creo que a estas alturas podemos dejarnos de formalidades, Conner. Llámame Nichole, por favor.

—Directa como siempre.

—¿Creías que iba a haber cambiado desde anoche? A ver si no vas a ser tan listo como yo creía.

Él se echó a reír, y ella sintió deseos de sonreír también. Parecía un hombre divertido. Si se hubieran conocido en otras circunstancias… quizás. ¿Quizás, qué? Nunca se habrían conocido si su amiga Gail Little no hubiera decidido acudir a su empresa de búsqueda de pareja, y no hubiera accedido después a que se grabara un programa de televisión que diera cuenta de sus citas.

Gail había decidido probar con su empresa después de no haber podido encontrar un hombre que le interesara de verdad. Como dueña a su vez de una empresa de relaciones públicas, estaba siempre muy ocupada y no tenía tiempo, y, cuando se lo contó a ella y a su otra amiga, Willow, a esta se le ocurrió de inmediato la idea de grabar un programa para la televisión con su experiencia.

–Creo ser capaz de sorprenderte aún –dijo él.

Seguro que sí.

–¿Has decidido rendirte y concederme la entrevista? Imagínate lo tranquilo que te quedarías después.

–Siéntate, por favor –la invitó–. Creo que debes de estar un poco mareada si de verdad piensas que sería liberador para mí conceder una entrevista.

Se acomodó en el sofá de cuero colocado frente a su escritorio, se recostó y cruzó las piernas, todo bajo su atenta mirada. Deliberadamente dejó que el borde de la falda se le subiera un poco por las piernas para ver su reacción.

Las pupilas se le dilataron y se inclinó hacia delante, apoyando los codos en el escritorio. Ahora sabía que no se había imaginado la atracción que había sentido entre ellos la noche anterior. Había sido tan fuerte, tan intensa, que casi se había temido que fuera un sueño.

–¿Has meditado la proposición de convertirte en mi amante? –le preguntó.

–Creía haberte dejado claro que no iba a hacer tal cosa. Esperaba que hubieras recuperado la cordura.

–A mi buen juicio no le pasa absolutamente nada. Simplemente soy un hombre que persigue lo que desea, Nichole, y siempre lo consigo.

–Pues en ese caso, te has encontrado con la horma de tu zapato, porque yo nunca pierdo.

–¿Nunca?

No, a menos que tomara en consideración su infancia, pero nunca lo hacía. Formaba parte del pasado, y entonces era demasiado pequeña para saber cómo enfrentarse a ello.

–En los últimos años, no. Estoy segura de que podremos encontrar la fórmula para…

–Yo ya la tengo. Yo te deseo, y tú a mí. Los dos tenemos algo que el otro quiere. Ahora solo falta dilucidar hasta dónde estamos dispuestos a llegar cada uno para conseguirlo.

Sabía que hablaba en serio. Podía leerlo en su mirada.

–Yo estoy dispuesta a seguir con lo de un beso por pregunta.

–Pues yo no. Y no me puedo creer que tú lo estés. No soy la clase de hombre que pueda hacer algo así. Cuando te tenga en mis brazos te garantizo que no podrás pensar en preguntar nada.

Un cálido estremecimiento le recorrió la espalda. Quería estar en sus brazos y sabía que a él le costaría muy poco hacer lo que decía. Bien pensado, podía renunciar a la entrevista y tener una aventura con él. Sería como un rayo que cae en la tierra seca con todo su fuego, provocando un incendio que abrasaría el control hasta dejarlo inutilizable.

Luego él seguiría su camino y ella se quedaría sola. Cambió de postura, descruzando y volviendo a cruzar las piernas, porque con ello sabía que él se distraería y ganaría algo de tiempo para pensar.

Pero el tiempo no le dejó más claro el camino a seguir, porque ella quería algo más que una aventura.

Encontrar sexo era fácil, pero la oportunidad de aquella entrevista se presentaba solo una vez en la vida, y dudaba que Conner fuese a llegar mucho más allá si se rendía sin más. Iba a hacer que le costara trabajo conseguirla.

–No creo, Conner. Tú me pareces un hombre muy competente, y estoy segura de que, si te pones a ello, podrías responder fácilmente a mis preguntas, a menos que tengas miedo a revelar más de lo que querrías si bajas la guardia.

Vio que sus palabras habían acertado en la diana porque la miró en silencio cruzando los brazos y apoyando la espalda en el respaldo de su butaca. Un momento antes estaba inclinado hacia delante, intentando convencerla, pero ahora era como si se hubiera interpuesto una barrera entre ambos. Allí estaba el Conner Macafee que ella se había esperado encontrar.

No le hacía ninguna gracia que le hubiera encontrado un resquicio en la armadura. Sabía que el único modo de tratar con ella era acompañarla a la puerta y seguir con su vida, pero no estaba acostumbrado a perder, y no tenía intención de empezar a hacerlo en aquel momento. Ella le deseaba, y quería hacerle la dichosa entrevista, y había llegado el momento de que supiera que Conner Macafee no se achicaba.

Iba a conseguirla, y ella iba a ceder a sus exigencias. Ninguna otra solución le satisfaría.

–No tengo debilidades, Nichole, pero, si quieres seguir buscándomelas, adelante.

Ella se encogió de hombros delicadamente y volvió a descruzar las piernas, un movimiento que él volvió a seguir con la mirada. Le gustaba la parte de muslo que se veía con cada movimiento, aun teniendo la impresión de que lo hacía para distraerle y poder ganarle la partida, pero no le importó.

Le gustaba la sensación de estar a punto de perder el control. Así tenía que esforzarse más por mantener la concentración y no dejar que ella ganase el asalto.

Ni ese, ni ninguno. No le gustaba perder, y detestaba verla usar su feminidad como arma, algo que ella hacía conscientemente. Y seguro que sabía hasta qué punto le afectaba. Cómo no. Habiéndole ofrecido convertirse en su amante, tenía que saber que la deseaba.

–Todo el mundo tiene debilidades, Conner, y yo ya he descubierto una tuya.

–¿Y cuál es?

–Pues que te gusta estar al mando, y no te hace gracia que alguien pueda poner en cuestión ese control.

–Eso no es raro –respondió él, encogiéndose de hombros.

–No, no lo es, pero sabes que yo tengo algo que tú quieres y que yo no voy a entregarte con facilidad.

–Me alegro. No me gustan las cosas que se consiguen fácilmente.

Nichole sonrió, y Conner comprendió que estaba saboreando el intercambio de golpes tanto como él. En otro mundo habría disfrutado de conocerla como persona, y no solo como compañera sexual.

–Bien. Estoy de acuerdo. Podemos empezar con las preguntas y…

–Hoy no va a poder ser, preciosa. Da igual las veces que cruces y descruces las piernas, que no vas a ponerme lo suficientemente caliente para que acceda a lo que pretendes.

–¿Y qué te pondría lo bastante caliente?

Él negó con la cabeza. No estaba dispuesto a revelarle que le bastaba con el flirteo.

–Sé mi amante y descúbrelo por ti misma.

–Lo que pretendo es evitar tener que hacer eso.

–¿Por qué, si los dos sabemos que es lo que quieres?

–Lo es, pero mi integridad profesional me lo impide.

–Integridad. No sabía yo que colarse en una fiesta tuviera un alto valor moral.

–Fui de invitada.

–¿De quién?

–Eh…

–Lo que yo me imaginaba. Es admirable que estés dispuesta a cualquier cosa para conseguir esta entrevista.

–¿Cómo puedes estar tan seguro de eso?

–Porque estás aquí sentada –respondió él–. Como te decía, admiro tu valor, pero creo que debes reconocer que tienes todas las cartas ya sobre la mesa y que yo aún tengo un as en la manga.

–¿Las apuestas son altas?

–Desde luego. No quiero que pienses que, porque te haya ofrecido que seas mi amante, no te respeto.

–Seguro que sí.

–Créeme, te respeto, y te deseo. Es el camino más fácil para que ambos consigamos lo que queremos. Un acuerdo comercial.

–Eso no me interesa. Quizás si supieras lo que iba a escribir sobre ti, te convencerías de que no tienes nada que temer y podríamos intentar tener una relación normal después de que hubiera escrito el artículo.

Eso no le interesaba. Sabía que nunca llegaría a interesarle casarse o vivir con alguien, y aunque nunca había tenido una amante de modo, digamos, formal, las mujeres con las que se había relacionado siempre habían sabido que lo suyo no pretendía durar.

–Dudo que eso fuera a funcionar –dijo él.

–¿Por qué? ¿Porque no soy de tu escala social?

–En absoluto –Conner negó con la cabeza–. Es que las relaciones no son lo mío, y nunca lo han sido. Pude ver la otra cara de esas cosas en el matrimonio de mis padres, y también en el de algunos amigos, y te garantizo que no encaja con mis gustos.

–Me encantaría poder citar tus palabras.

–Pero no puedes.

–En serio, Conner, esa es la clase de artículo que quiero escribir. Creo que incluso tú estarás de acuerdo conmigo en que no invade tu intimidad.

–Ya te he dicho que podrás entrevistarme siempre y cuando seas mi amante.

–¿Y si solo te pregunto por tus negocios?

–Eso puedes hacerlo a través de mi departamento de marketing.

–Pero tu departamento de marketing no es tú. Quiero saber por qué alguien que desprecia tanto las relaciones a largo plazo intenta emparejar a la gente.

–¿En una sola palabra?

–Si eso es lo único que estás dispuesto a darme...

Conner tuvo que morderse la boca por dentro para no sonreír. Le gustaba que no se rindiera.

–Dinero.

–¿Dinero?

–Exacto. Hay mucho dinero a ganar con la gente que busca a esa persona especial.

–Suena muy cínico.

Él se encogió de hombros.

–Obviamente no es algo que vaya diciéndoles a nuestros clientes, pero es lo que pienso. Si la empresa no diese dinero, me habría desprendido de ella hace tiempo.

–Yo creía que era un negocio familiar.

–No pienso decirte una palabra más a menos que aceptes mis condiciones.

–¿Qué condiciones?

–Yo respondo a tus preguntas, y tú eres mi amante.

–¿Durante cuánto tiempo?

–Un mes. Lo suficiente para que podamos disfrutar el uno del otro.

–No me estás escuchando –protestó Nichole–. No pienso plegarme ante tus deseos así, sin más.

Él se levantó, rodeó la mesa y se sentó en el borde, delante de ella, con las piernas estiradas una a cada lado de su asiento.

–No voy a tener en cuenta lo que acabas de decir cuando por fin lo hagas.

Nichole hubiera querido gritar de lo frustrante y arrogante que era. Estuvo a punto de acceder a lo que pretendía y dar marcha atrás cuando hubiera conseguido lo que quería. ¿Sería capaz de entretenerlo el tiempo necesario de reunir información para su historia?

¿Podría vivir consigo misma después si lo hacía?

Había sido criada en una familia en la que las mentiras, no las francas sino las de omisión, eran pura rutina. Precisamente esa había sido una de las razones por las que se había hecho periodista, para revelar la verdad. De modo que no podía mentirse ni a sí misma ni a él, aunque fuera por conseguir una historia sin tener que pagar el precio.

–No puedo hacerlo –dijo por fin–. No si quiero poder mirarme al espejo cada mañana.

Él se cruzó de brazos y la americana que llevaba se abrió, dejando al descubierto su camisa de vestir. Sería mucho más fácil si no sintiera la tentación. Si no lo deseara.

Pero sabía de sobra que cualquier cosa que mereciera la pena poseer exigía un sacrificio, y estaba decidida a seguir insistiendo. Hablaba en serio, tendría que mirarse al espejo todas las mañanas y no podría hacerlo si vendía su cuerpo a cambio de una entrevista, aunque se tratara de una oportunidad única en la vida.

–¿Alguna vez has pagado por hacer una entrevista? –le preguntó él.

Nichole supo de inmediato por dónde discurrían sus pensamientos.

–No es lo mismo.

–Contéstame.

–Me da la sensación de que no te llevaste una sola azotaina cuando eras niño.

–¿Por qué dices eso?

–Porque eres demasiado arrogante, y sí, he pagado en alguna ocasión a una fuente.

–Entonces, ¿por qué esto es diferente?

–Entiendo lo que quieres decir. De verdad lo entiendo. Pero estamos hablando de sexo, y siempre ha sido una especie de estigma pagar por ello, o aceptar dinero a cambio.

Él asintió y se inclinó hacia delante para apoyar una mano en cada brazo del sillón, de modo que Nichole quedó rodeada por él. Su rostro estaba a escasos centímetros, y podía ver una a una las pestañas oscuras de sus ojos, y su iris azul.

Su olor masculino, fresco, a limpio y a almizcle, la rodeó.

–Si te pidiera que contratases a unos pintores para que renovaran la pintura de este despacho a cambio de la entrevista, ¿lo aceptarías?

Se mordió el labio inferior. En parte deseaba que la convenciera de hacerlo. De ese modo no tendría que cargar con toda la culpa de su rendición, pero no podía engañarse.

–Por supuesto que sí. Pero no claudicaría sin más. Tienes que decirme algo. Darme alguna información que me convenza de que esto va a valer la pena. Tienes que dorarme la píldora.

–Te deseo.

Un escalofrío le recorrió la espalda y la empujó a acercarse aún un poco más. Ella también le deseaba, pero esa no era la cuestión. La cuestión tenía que ver con la ética y el orgullo. Quería que la deseara lo suficiente para que lo suyo no fuera un acuerdo de negocios.

Se humedeció los labios y vio que él seguía el movimiento con la mirada. Vio que las aletas de su nariz se movían cuando se acercó todavía más y rozó sus labios con los suyos. Bastó con esa caricia para que el deseo le recorriera el cuerpo entero.

—Yo también te deseo —dijo, volviéndole la cara—, pero no voy a rendirme al deseo físico.

—Eso ha sonado como un desafío.

—Puedes tomarlo así. Tengo que hablar sobre la entrevista. ¿Y si acepto ser tu amante después de que me hayas concedido la entrevista?

—¿Puedo confiar en tu palabra?

Nichole frunció el ceño.

—Nunca me han llamado mentirosa.

—Sin embargo, el día que te conocí, te habías colado en una fiesta —adujo él, incorporándose de nuevo.

—Eso es cierto, pero no mentí. Nadie me pidió la invitación.

—Pura semántica. Quiero saber que puedo confiar en ti, y el único modo en que puedo fiarme es si los dos vamos a dar algo que normalmente no daríamos.

—Dios, no me gustaría tener que negociar contigo.

Él sonrió con malicia.

–Gano mucho, principalmente porque nunca retrocedo.

–Yo tampoco. ¿Qué tal unas caricias a cambio de una entrevista en la que hablemos de tus negocios y del programa de la tele? Te enviaría el artículo antes de que sea publicado, para que puedas leerlo y asegurarte de que soy fiel a mi palabra.

–Eso no me interesa. Quiero tenerte del todo cuando estés en mis brazos. Ninguna otra cosa me vale.

–De acuerdo. Por lo menos estamos avanzando –contestó ella, cruzando de nuevo las piernas–. Yo tengo algo que tú deseas con ganas, y estoy dispuesta a negociar contigo por ello. Pero tienes que darme un poco de cancha. ¿Cuál es el mínimo que estás dispuesto a aceptar a cambio de una entrevista?

–Que te quedes desnuda sobre mi mesa durante quince minutos y me dejes hacer lo que yo quiera.

Nichole se sonrojó. Debería haber estado preparada para algo así.

–Eh… no. Eso no. Mi cuerpo no soportaría un escrutinio tan exhaustivo.

–Pues a mí me parece que sí.

Ella negó con la cabeza. Tener buen aspecto con la ropa puesta era muy distinto a tenerlo desnuda, algo que había constatado más que suficientemente cada día al salir de la ducha y verse en el espejo.

–A lo mejor no te gustaría lo que ibas a ver –respondió.

–Si no me gusta, seguirías teniendo tu entrevista. Pero sé que voy a disfrutar con cada centímetro.

Nichole se mordió el labio.

–Vamos, preciosa, que tú sabes que quieres hacerlo. Ríndete y dime que sí, y todo lo que has soñado será tuyo.

No estaba segura de poder creerle, pero en parte quería hacerlo. Quería depositar su confianza en las manos de aquel hombre que no creía en nada, y que parecía ser el camino más seguro a la destrucción de los sueños y del corazón. Porque sabía que ella nunca sería capaz de separar el corazón o el alma de su cuerpo.

Capítulo Tres

Nichole era una mujer que jamás abandonaba el camino, una vez se había decidido a tomarlo. Había decidido ser periodista y se había lanzado a ello con entusiasmo. Y no solo en su lugar de trabajo, sino también en su vida personal: había elegido mantenerse soltera para llegar a ser la adicta al trabajo que era.

Le gustaba su vida y no lamentaba las decisiones que había tomado. Sin embargo… estaba sintiendo la tentación de acometer un gran cambio, la clase de cambio que sabía que tenía el potencial de dañar tanto a su persona como a su carrera. Tenía que estar muy segura, si era que decidía aceptar aquel reto, de que nunca nadie conocería los detalles de aquella historia. Y tenía que estar tan segura de conseguir la entrevista como de no acabar enamorándose de él.

No era tarea sencilla. No imposible, pero tampoco fácil. Solo necesitaba tiempo para reflexionar, y eso era precisamente de lo que no iba a disponer estando con Conner.

–Veo que tu método para negociar es sacar agua de las piedras, pero no voy a ser yo precisamente quien acepte que solo es posible tu enfoque. Sé que podemos llegar a un acuerdo que sea perfectamente aceptable para ambos.

Conner volvió a su butaca y se sentó.

–Yo ya he puesto las cartas boca arriba, y no voy a aceptar ninguna otra proposición.

–Pues no sé por qué no. Soy yo la que tengo todas las de perder.

Estaba perdiéndolo, y no quería.

–Vamos, Nichole. Tienes que comprender que para mí, hablar de mi vida personal no es nada fácil.

Notó una punzada de compasión al mirarle y recordar lo que había aparecido en los medios siendo él un adolescente, y sintió que se debilitaba. Pero al mirarle a los ojos, se dio cuenta de que estaba jugando con ella.

–No va a funcionar, porque solo vas a dejarme ver la parte de ti mismo con la que te sientes más cómodo. Los dos sabemos que juegas con las cartas bien protegidas.

–Así es, y eso no va a cambiar. Sin embargo, tú eres una anomalía para mí. No he deseado a otra mujer tanto como a ti desde hace mucho tiempo, y eso podría resultarme peligroso. Ya te he presentado mi oferta, y no pienso dar marcha atrás. Si te niegas, seguramente me quedaré preguntándome qué habría ocurrido si las cosas hubieran sido de otro modo, pero así es la vida.

Nichole se levantó para ir a sentarse en la mesa junto a él.

–Si accedo a mantener al mínimo el número de preguntas de ámbito personal y utilizo solo mis propias observaciones…

–No.

–Conner, tienes que ceder un poco.

–Ya lo he hecho –respondió él, poniendo la mano sobre su muslo, y con el índice trazó una línea ondulante por su cara interior, enviándole una descarga de sensaciones. Deseaba a aquel hombre. Y todas las justificaciones que tan desesperadamente intentaba encontrar no iban a cambiar en nada ese hecho. Quería quedarse. Y punto.

Sabía que se estaba jugando la mejor historia de su vida, pero también era consciente de que su motivación arraigaba en algo mucho más primitivo.

–No voy a escribir nada escandaloso o sensacionalista. Creo que es mucha la gente que, en la sociedad actual, tiene dificultades para encontrar pareja, y me gusta de verdad lo que tú haces.

Su mano descendió hasta llegarle a la rodilla. No tenía ni idea de que esa zona pudiera ser tan sensible. Su contacto resultaba cálido, y despertaba una intensa sensibilidad cada vez que movía la mano sobre su piel. Tuvo que levantarse y alejarse de él.

–No sé si vas a contestar a todas mis preguntas.

–¿Qué quieres que te diga?

–Pues algo. Dame una idea de la clase de historia que vas a ofrecerme para que pueda estar segura de que no voy a quedar a tu merced, arriesgándolo todo yo.

Él la miró sorprendido.

–¿Arriesgándolo todo tú? Una frase muy victoriana, y un punto melodramática, ¿no te parece?

–¡Vaya por Dios! Yo quería que sonara algo más que «un punto melodramática» –respondió Nichole, sonriendo–. Ahora, en serio...

–En serio. Decidí mantener la empresa de búsqueda de pareja por dos razones: la primera porque me deja pingües beneficios. Y en realidad, es la única que cuenta. No te puedes dedicar a los negocios en esta economía y no considerar en serio lo que te hace ganar dinero.

–Estoy de acuerdo.

Esa era la clase de información que quería. Estaba hablando de su empresa como si fuera un aparato que se ensamblara en una fábrica, y para él era eso.

–¿Cuál fue la segunda razón?

Se recostó en su butaca de cuero y entrelazó las manos.

–Quise utilizarla como filtro para mis amigos. Uno de mis primos cayó en las redes de una cazafortunas, y lo que le hizo fue horrible. No quiero ver a ninguna otra persona pasar por esa situación. Teniendo en cuenta lo que me ocurrió a mí con mi padre y los secretos que la gente se guarda en sus relaciones, creo que, si una firma como Matchmakers Inc. se ocupa se tus citas, es el modo más seguro de conocer gente.

Estaba consiguiendo más de lo que esperaba.

–Eso suena muy cínico. Mucha gente se conoce sin haberse investigado previamente, o sin que sus preferencias o sus rechazos aparezcan en un formulario, y son felices juntos.

–Me juego lo que quieras a que no pertenecen a mi ámbito social. Y no lo digo con altanería. Las variables cambian cuando hablas de familias prominentes y con fortuna.

–Háblame de eso.

–Me temo que hasta aquí han llegado tus preguntas. Si quieres más material para tu historia, tendrás que acceder a ser mi amante.

Nichole tragó saliva. Le había dado lo justo para que ella deseara poder seguir haciéndole preguntas. Su instinto le decía que no se había equivocado con él. La entrevista con Conner tendría el potencial necesario para cambiar su carrera.

–¿Y qué tendría que hacer si fuera tu amante?

Conner no le había ofrecido pensamientos que no hubiera compartido con los amigos a lo largo de los años, y fue un alivio para él comprobar que con eso le bastaba a ella. Comprendía lo que quería de él y sabía que había líneas que nunca querría cruzar. Líneas cuya existencia quería que ella desconociera porque Nichole le había demostrado aquella mañana en su despacho que estaba a su misma altura.

Estaba dispuesta a sacrificarse para conseguir la historia, y al mismo tiempo sabía bien que compartir el lecho con él no iba a ser precisamente una inmolación. Pero también sabía que él era el responsable de que se hubiera colocado en una posición difícil.

–Ser mi amante consistirá en disfrutar de enormes cantidades de placer.

Ella se sonrojó.

–No pretendo que me hagas un resumen de los placeres sexuales que vas a conseguir conmigo. Lo que quiero decir es que, desde un punto de vista logístico, no sé lo que implica que una mujer sea tu amante.

Él tampoco tenía ni idea. Nunca había tenido una amante, aunque su amigo Alexander Montrose las tenía de continuo. Era un firme defensor de la creencia de que todas las relaciones se basaban en el dinero, y que el único modo de enfrentarse a ellas era convertirlas en acuerdos mercantiles.

–Te trasladarás a mi apartamento del centro y estarás disponible para mí cuando yo te requiera.

–Tengo mi propia casa, y un trabajo.

–Durante el tiempo que esté en vigor nuestro acuerdo, quiero que vivas conmigo. Como ya sabes, soy el presidente de un conglomerado internacional de empresas, así que aunque te haya dicho que quiero que estés disponible para mí, eso no quiere decir que vaya a necesitarte las veinticuatro horas del día. Aunque sí que querría tenerte para mí el primer día completo, para poder calmar el apetito sexual que siento desde que te vi.

Sus palabras no eran más que la verdad. Tenía que reconocer que Alexander sabía lo que se hacía. Tener una amante era mucho más fácil que salir con mujeres. No eran necesarios los juegos, ni las sutilezas. Bastaba con una saludable lujuria. Estupendo. No era que anduviera pensando en tener amantes de continuo en el futuro, pero cuantas más vueltas le daba a la idea, más le gustaba.

–Yo también lo deseo. ¿Qué más?

–Pagaré tus facturas. Puede que necesite que me acompañes a algunos actos sociales, pero dado que estás escribiendo un artículo sobre mí, lo mejor será que restrinjamos las salidas al máximo.

–¿Por qué? Los periodistas siguen a sus objetivos constantemente. Pero, si al final accedo a esto, quiero que nadie lo sepa nunca. Creo que trasladarme a tu casa no es buena idea. Habrá porteros y doncellas que sepan que he estado allí.

–¿Y qué otra alternativa hay?

–Podrías venir tú a la mía.

–Tendrás vecinos, ¿no? El riesgo de que nos descubran es igualmente elevado. A lo mejor deberías dejar caer que estamos saliendo y que salga el sol por donde quiera.

–Tendría que comentarlo con mi jefe, aunque la verdad es que me parece la mejor opción. A la mayoría de la gente no se le ocurrirá pensar que podamos tener alguna otra clase de acuerdo.

–Exacto. Una relación de poder a poder. Tú consigues tu historia, yo, tu cuerpo, y los dos tan contentos.

Ella ladeó la cabeza.

–¿Contentos?

–Eso creo.

Además, de ese modo, tendría el control del artículo. ¿Cómo no lo habría pensado antes?

–De acuerdo. Yo quiero poder escribir dos historias distintas. La primera será única y exclusivamente sobre la industria de las citas y tu trabajo. Incluiré en ella cosas como la que has dicho antes, lo de descartar a los y las cazafortunas, por ejemplo.

–De acuerdo. No hay problema –contestó él, mientras consultaba la agenda para ver qué iba a tener que posponer de modo que le quedase el día libre para pasarlo con Nichole. Con Nichole en sus brazos. Aquello era ya pan comido.

–La segunda historia versará sobre el efecto

que tuvo la traición de tu padre en tu personalidad, en tus hábitos con las mujeres y quizás en los de tu hermana también. Creo que es interesante que sea el gurú de la familia y que aún siga soltera.

–No.

–¿No? ¿A qué parte te niegas?

–A todo. No voy a hablar de mi padre. Y de Jane tampoco, por supuesto.

–Quiero dos historias.

–No voy a hablar de mi vida privada. Es puro cotilleo, y antes me dijiste que no eres esa clase de periodista.

–Y no lo soy, pero creo que se trata de una historia de interés humano. Hay lectores que quieren saber qué te pasó. Te han visto crecer y…

–Pues lo siento por ellos. Es un «no» tajante.

Ella se levantó y volvió a ocupar el sillón situado frente a la mesa. Estaba claro que la mente le iba a mil por hora, intentando encontrar algo más con lo que tentarle. Pero Conner no tuvo duda alguna de que el trato se había roto. No iba a hablar de su padre, ni en ese momento, ni nunca. Era parte de un pasado que él ya había olvidado.

–Creo que hemos terminado.

–¿Ah, sí? Estoy dispuesta a ofrecerte otro tipo de historia.

–¿La de mi relación con las mujeres?

–Por supuesto, pero también sobre tu persona. Quizás como tiburón empresarial. Has hecho cosas increíbles con empresas en dificultades.

–Eso es cierto. Pero ese tipo de artículo estaría más dirigido a las páginas de economía de un periódico que a las secciones para las que tú escribes.

Ella suspiró.

–¿Qué decides, Nichole? ¿Estás dispuesta a aceptar un único artículo a cambio de ser mi amante?

Llegados a ese punto, todo dependía de ella. Estaba dispuesto a cumplir el acuerdo que alcanzaran, pero sabía que había líneas que nunca le permitiría cruzar. Y tendría que andarse con pies de plomo para no revelar más de la cuenta. También sabía que se estaba metiendo en un juego peligroso al llevarla a su casa porque, en el fondo, los periodistas en ningún momento dejaban de serlo.

No iba a darse por satisfecha con una sola entrevista y un artículo, pero sabía que había más de un modo de conseguir lo que quería. Y el mejor movimiento en aquel momento sería el de retirada.

Era fácil decir que no le importaba acostarse con Conner a cambio de la información que necesitaba. Al fin y al cabo, era una mujer sofisticada del nuevo milenio, aunque en el fondo fuese también algo chapada a la antigua. Y aunque solía decir a sus amigas que no quería nada serio en su vida personal para que no interfiriera con su vida profesional, sabía también que lo que sentía era miedo de que alguien se le acercara demasiado.

Vivir con Conner, aunque fuera solo durante un mes, pondría esa determinación en peligro. Se temía que, una vez probara todo lo que se había estado perdiendo aquellos años, desearía más.

–Creo que tengo que pensarlo –dijo–. No es una decisión que pueda tomar a la ligera.

–Eso lo respeto –contestó él–. La verdad es que no esperaba que accedieras.

–Entonces, ¿por qué me lo propusiste?

Conner se encogió de hombros.

–Hay algo en ti que me hace ser impulsivo.

–A mí me pasa lo mismo contigo –admitió Nichole.

Era distinto a otros hombres. No tenía que ver con su riqueza o su educación; tampoco con que pudiera tener la sensación de conocerlo, gracias a la investigación que había llevado a cabo sobre su pasado. Se trataba de lo sorprendida que se había quedado al comprobar lo diferente que era de lo que ella se había imaginado.

Conner le dedicó esa media sonrisa que al parecer era su único modo de sonreír. En cuanto a las emociones, era más bien cicatero. Había admitido que la deseaba, pero eso era lujuria, algo que él seguramente atribuiría a la química. Pero sus verdaderos sentimientos permanecían encerrados bajo siete llaves.

Miró el reloj, y le sorprendió comprobar que le había dedicado treinta minutos. Ella tenía la sensación de que acababa de llegar. Una advertencia más que tomar en cuenta. Con él, no era la de siempre.

–Tengo que irme. Volveré a verte dentro de unos días para comunicarte mi decisión.

Él se levantó y se acercó a ella para ofrecerle la mano. Ella se la estrechó, consciente de que, aunque se habían besado, nunca se habían estrechado la mano. El gesto suyo fue firme. Transmitía confianza. No le sorprendió.

Pero al mismo tiempo le hizo desear más. Quería que la tocara como había hecho antes con la pierna. No podía creer que fuese a marcharse cuando lo deseaba con tanta intensidad.

—¿Estás segura de que no puedo hacerte cambiar de opinión? —le preguntó él, acariciándole la parte interior de la muñeca.

—No, no estoy segura. Pero creo que para algo así, hay que reflexionar detenidamente.

—Pensar mucho lo va a complicar demasiado. Nadie tiene por qué saber lo que hay entre nosotros. ¿En qué se diferencia entonces de una relación de pareja?

—En el acuerdo. Los dos sabemos que no estamos saliendo.

—Esto implica más compromiso que muchas relaciones.

—¿Que la mayoría de las tuyas?

—Sí.

—¿Sales con más de una mujer? —preguntó ella. Quería poner a prueba su teoría de que la actuación de su padre había dañado su capacidad para las relaciones.

—Con dos. ¿Y tú?

—Umm… más o menos igual. Suelo buscar hombres que no quieran compromisos a largo plazo.

—¿Por qué?

Seguía reteniendo su mano y describiendo con el pulgar aquellos círculos interminables.

—Por mi carrera. No quiero interferencias.

—Es curioso que te estés planteando huir de mí y de la entrevista que podría catapultar definitivamente tu carrera.

–Es interesante, sí. Pero no estoy segura de querer correr el riesgo, aunque mi jefe supiera que estamos saliendo. No quiero poner en peligro todo por lo que tanto he trabajado –tiró de la mano–. Yo… ¿reconsiderarías el trato de una pregunta, un beso?

–A largo plazo, no.

–¿Y qué significa eso?

–Pues que no quiero que salgas por esa puerta sin que te haya dado un último beso. Sé que una vez hayas vuelto a tu oficina y hayas tenido tiempo de meditar mi ofrecimiento, lo más probable es que decidas que no valgo tanto la pena como para arriesgarte.

Tuvo la impresión, a juzgar por el modo en que lo había dicho, de que ya había oído algo parecido con anterioridad. ¿Sería solo el amargo secreto de su padre lo que había echado a perder las relaciones de Conner, o habría más?

–Dudo que alguna vez llegue a pensar que no vales la pena –dijo, dejándose llevar por un impulso.

–Ya lo estás haciendo, o no te marcharías de aquí.

–*Touché.*

Ella quería mucho más de lo que él le había ofrecido. Le parecía que era un hombre en el que podía invertir, una mezcla de contradicciones con la que en el fondo sabía que no debía jugar. No debería permitir que se le colara ni en el corazón ni en la cabeza, pero desgraciadamente era ya demasiado tarde.

–Un último beso –dijo por fin.

–Sí –respondió él, tomándola en sus brazos.

Su bolso cayó al suelo cuando puso los brazos en sus hombros y se encontró con su mirada, de un azul tan intenso que quedó perdida en él. Incluso se olvidó de que había ido allí con intención de cerrar un acuerdo de trabajo. Iba a marcharse llevándose solo placer, pero merecería la pena por aquella delicia prohibida que era Conner Macafee y sus besos.

Se alzó en las puntas de los pies mientras su boca se acercaba lentamente. Se estaba tomando su tiempo. Él tampoco quería que aquello terminase, y por eso le gustó un poco más de lo que ya le gustaba.

Sus manos le acariciaron la espalda hasta llegar a la cintura para acercarla aún más a él, hasta que sus pechos se rozaron, y Nichole sintió que sus pezones se enardecían cuando le dibujó la forma de la boca con la lengua.

Aquel mínimo contacto hizo que todo su cuerpo se tensara y sintió que se humedecía. Tuvo que agarrarse a sus hombros cuando el beso se volvió más hondo, más exigente y apasionado. Era una despedida.

Capítulo Cuatro

Conner sintió pena al tener a Nichole en los brazos seguramente por última vez, pero sabía que tenía que decirle adiós. A pesar de que le excitaba como ninguna otra mujer lo había hecho desde hacía mucho tiempo, no era mujer para él. Y a pesar de ser el dueño de un negocio de búsqueda de pareja, no pretendía tenerla.

Sentía sus labios suaves, y su boca tenía un sabor exótico, algo que nunca había probado. Sería fácil volverse adicto a ella, pensó, hundiendo aún más su lengua. Quería saciar el apetito que había despertado en él con aquel beso, pero no parecía posible.

Ansiaba más. ¿Por qué no tomar lo que quería? Estaba claro que ella también lo deseaba, y aunque pretendía utilizar ese deseo como cebo para sellar un pacto con él, en sus brazos no parecía recordar que se ganaba la vida como periodista.

Alzándola del suelo, sintiendo cómo se derretía, dio dos pasos hacia atrás hasta llegar a la mesa para poder apoyarse en ella. Nichole abrió las piernas y rozó su erección al rodearle las caderas con ellas. Conner dejó escapar un hondo suspiro, que encontró eco en un gemido de respuesta que emitió ella.

Deslizó las manos por sus muslos, que era lo

que había deseado desde que la había visto entrar en el despacho y sentarse de un modo tan femenino en el sillón. Pero la posición resultaba extraña y sujetándola por las nalgas, giró con ella en vilo para sentarla sobre la mesa y seguir colocado entre sus piernas.

El movimiento separó sus bocas y ella apoyó las manos en la mesa, mirándolo con aquellos hermosos e insondables ojos. Tenía los labios húmedos y rojos de sus besos, y había un delicioso rubor de deseo en su cuello y en el pecho.

—Un beso más, y haré mi pregunta —le advirtió.

Él asintió, aunque en realidad no había oído nada después de «un beso más». Lo que quería era que el próximo terminara estando dentro de aquel precioso cuerpo suyo.

Bajó de nuevo la cabeza y ella hizo ademán de acercarse, pero le gustaba tenerla ofrecida así, como un regalo sexual, y la hizo detenerse poniendo una mano en su pecho.

—Quédate así.

—¿Así? —preguntó ella, recostándose de nuevo en los codos.

—Sí —contestó Conner, y su voz sonó gutural.

Se tomó su tiempo para acariciarla despacio desde la cintura a los senos, bordeándolos, evitándolos, siguiendo el camino del escote.

—Me gustan tus pecas.

Ella arrugó la nariz.

—A mí no. No son sexys.

—En ti, sí. ¿Las tienes por todo el cuerpo? —quiso saber, tras lamer una de ellas.

Sentía el calor de su piel bajo sus manos y al mi-

rarla le sorprendió descubrir que se había sonroja-
do.

–Sí.

Una imagen de su cuerpo, completamente desnudo, tumbado sobre la mesa y cubierto de aquellas pecas, se le apareció ante los ojos. Iba a bajarle
la cremallera del vestido cuando ella le detuvo.
Solo entonces se dio cuenta de que estaban en la
oficina.

Se incorporó e iba a alejarse para enfriarse un
poco, pero ella tomó su mano y le depositó un
beso en la palma antes de rodearle los hombros
con los brazos. Aquel movimiento puso en contacto su parte más íntima con su miembro erecto.
Luego tiró de él para besarle.

En cuanto sus labios volvieron a encontrarse,
Conner descubrió que lo único que le importaba
era ella y aquel momento. Aquella vez no se limitó
a dejar que él le devorara la boca, sino que se mostró tan agresiva y apasionada como él. Sintió que
tomaba su mano y se la llevaba a un pecho, por encima del vestido y el sujetador.

Sabía que Nichole era agresiva y directa como
periodista, pero, al parecer, como mujer era algo
más tímida y delicada, y eso le gustaba. Quería tenerla, pero sabía bien que no podía separar ambas
facetas.

Aquello era una despedida, y no debía olvidarlo. Deseaba a aquella mujer tan compleja, pero
aquellos momentos robados en su despacho eran
cuanto iba a tener.

Movió los dedos al tiempo que se adueñaba de
su boca, y, cuando sintió su pezón endurecerse,

concentró allí el movimiento. Ella se removió en sus brazos y sintió que su beso se hacía más urgente.

Su erección pugnaba dentro de los pantalones, y con la otra mano la acercó más para frotarse contra ella. Nichole contestó moviendo las caderas.

Ladeó la cabeza para ahondar más en el beso. Quería llegar al clímax. Nada podría detenerlos ya. Sus cuerpos sabían lo que querían y ahora que se estaban tocando sus pensamientos habían dejado de pedir otra cosa.

Apartó la tela del vestido y rozó la suavidad de su piel.

Alguien llamó con urgencia a la puerta y Conner dio un paso atrás. No podía permitir que su cuerpo se saliera con la suya. Seguramente así había acabado metiéndose su padre en el lío que había destrozado sus vidas.

–Un momento –contestó, mientras Nichole se levantaba de la mesa. Estaba roja y despeinada, y con un gesto le señaló el aseo–. Tómate un minuto para reparar el daño que te he hecho.

Ella asintió y cruzó la habitación, y mientras la observaba supo que había tenido ya cuanto iba a tener de ella.

Estaba perdiendo el control. Apenas ejercía ninguno sobre sí misma, y menos sobre Conner. Se estaba riendo de ella y de su entrevista. Tenía que dejar de comprometerse de aquel modo. Cerró la puerta del baño y echó el pestillo.

Se miró en el espejo. Tenía el pelo revuelto y la

ropa descolocada, de modo que apenas reconocía a la mujer que la miraba desde la luna.

–Has trabajado duro para llegar donde estás en tu carrera, y estás a punto de permitir que un hombre te lo eche todo a perder –se dijo con severidad, y abrió el bolso para sacar la bolsa de maquillaje–. Maldita sea, Nic. Puedes hacerlo. Puedes ganarle la partida.

Se maquilló los labios y se aplicó polvos en la nariz. A continuación se enderezó la ropa y se giró para asegurarse de que su aspecto era tan bueno por detrás como por delante.

Como logro podía contar que había conseguido mantener a Conner desequilibrado, aunque su plan para una retirada estratégica había estado a punto de estallarle en las manos. Había infravalorado la intensidad de su deseo por él, y eso la irritaba enormemente. Siempre había mantenido el control sobre la atracción que otros hombres habían ejercido en ella.

Había aprendido temprano a mantener la cabeza fría, pero Conner había conseguido burlar su guardia. Sabía que nunca podría acostarse con él y seguir siendo la periodista tranquila y serena que se enorgullecía de ser.

Y sin esas dos características, ¿quién era ella?

Se acercó al espejo en busca de la respuesta, pero la mujer que la miraba frente a ella no las tenía. Estaba tardando demasiado, y no quería que Conner pudiera pensar que le daba miedo volver a salir, o que era él quien tenía las de ganar.

Aunque fuera cierto.

Abrió la puerta y lo encontró al otro lado de la

habitación, contemplando a través del ventanal la ciudad a sus pies, y se acercó a él. Había crecido en Texas, rodeada de espacios abiertos, y no dejaba de impresionarle ver aquel paisaje urbano.

–Creo que me debes una respuesta –le dijo.

–Eso creo.

Su voz sonó firme y tranquila, pero parecía mucho más sumiso.

Se preguntó si su encuentro le había afectado a él tanto como a ella. Era fácil mirarlo y ver a un hombre acostumbrado a controlar su vida y su entorno, pero ella había conseguido encontrar finas grietas en esa fachada.

–Dispara –le dijo.

Pero aún se sentía algo embotada, y las preguntas que quería hacerle no tenían nada que ver con el artículo. Lo que quería saber era por qué una relación normal con él quedaba fuera de toda posibilidad. Por qué solo consentiría en tenerla como amante cuando estaba tan claro que la deseaba. Pero no era la clase de pregunta que podía hacerle en aquel momento.

Carraspeó.

–Espera un momento que voy a por mi cuaderno.

–Por supuesto –contestó él, sentándose tras la mesa.

Era difícil creer que hubieran estado besándose apasionadamente un instante antes. Sentada ante ella había un hombre completamente diferente... el hombre al que ella había esperado enfrentarse desde un principio.

Dado que aquella podía ser su última oportunidad de hacerle alguna pregunta, quería hacerla bien, así que respiró hondo y formuló la pregunta cuya respuesta quería conocer de verdad. Una pregunta muy personal, y, si la respuesta valía la pena, en ella podría tener la columna vertebral de todo su artículo.

—He leído en las publicaciones de economía que tus logros profesionales son equiparables a los de tu padre. ¿Sigues soltero porque temes que el parecido con tu padre no se quede solo ahí? ¿Temes cometer sus mismos errores?

Vio que apretaba los dientes y supo que sus preguntas le habían acelerado el pulso, pero se lo debía. Le había dado mucho más que el beso que le había pedido. Y confiaba en que fuese un hombre de honor.

—Voy a responder a eso diciendo solo que mucha gente piensa que mi instinto para los negocios se parece mucho al de mi padre, pero aparte del hecho de que ambos hemos dirigido Macafee International, no hay más similitudes.

—Mi pregunta no es en realidad sobre negocios, Conner. Lo que quiero saber es si temes parecerte demasiado a él.

Le vio apretar los labios y por primera vez sintió un estremecimiento provocado por algo parecido al miedo. No era hombre al que contrariar.

—Sin comentarios.

—¿Sin comentarios?

—¿No lo he dicho con claridad?

Nichole se levantó y, acercándose a la mesa, apoyó ambas manos en ella.

—Teníamos un acuerdo, y creo que yo he mantenido mi parte con creces.

Él entrelazó las manos y la miró por encima de ellas.

—Así es, pelirroja. La verdad es que no esperaba que las cosas se pusieran tan… calientes, tan rápido.

—Yo tampoco.

Conner sonrió de medio lado y dejó caer las manos a los brazos de la butaca.

—No te estoy pidiendo demasiado. No voy a citar tus palabras exactas en mi artículo, pero quiero conocer tu respuesta porque creo que es parte de la piedra angular sobre la que se construye tu personalidad.

Él negó con la cabeza.

—Me temo que no puedo contestarte a eso.

—No puedes, no. No quieres.

—Hazme otra pregunta. Te dejaré tiempo para prepararla.

—Yo ya te he hecho la pregunta de lo que quiero saber y espero una respuesta. No me dijiste que necesitarías aprobar las preguntas que fuera a hacerte. Soy periodista, y necesito tu respuesta.

—Los periodistas solo tienen acceso a una parte determinada de la vida de las personas sobre las que escriben. Eso tú ya lo sabes.

—Sí, pero desde luego una amante tiene más derechos.

—No. Tú solo tienes el acceso que yo te permita.

Se quedó sin palabras. Estaba tan enfadada que de buena gana le habría dado un puñetazo. La había engañado. Seguramente, aunque se fuera a la cama con él, seguiría faltando a su parte del acuerdo, un acuerdo por el que le había hecho perder toda la mañana.

–¿Perdona?

Por primera vez percibió él su acento de Texas.

–No pienso darte carta blanca.

–Yo no he puesto límites a tu abrazo.

–Sí que lo has hecho –respondió él, recordando su deseo de contemplar su piel blanca y cubierta de deliciosas pecas.

–Estamos en tu despacho. No podíamos llegar demasiado lejos.

–Sí, lo sé, pero creo que estabas intentando hacer lo que yo estoy haciendo ahora. Ambos estamos limitando el acceso del otro a lo que quiere. Intentamos dar el mínimo posible para que esto siga adelante.

Ella se mordió el labio inferior.

–Entiendo lo que dices, pero con ello me haces imposible confiar en ti. Quiero que esto funcione. Creo que los lectores sienten interés por ti, y no solo por tu empresa.

–Pues a mí el aspecto personal me importa un comino. ¿Cómo te sentirías tú si te hiciera preguntas personales?

–Adelante. Soy un libro abierto.

–¿Por qué sigues soltera?

–Ya te lo dije, porque soy adicta al trabajo. Me encanta lo que hago.

–A mí también. Ahí tienes tu respuesta.

–¡Ja! Esa respuesta no es mía, sino tuya. Los dos sabemos que hay mucho más.

–Y yo también sé que hay más de lo que estás

dispuesta a decirme. Algo ha tenido que hacerte daño en el pasado para que hayas hecho del trabajo tu santuario.

Por el modo en que entornó los ojos, supo que había dado en el clavo con la observación.

–¿Y qué? Yo no estoy sometida al escrutinio de los medios de comunicación.

–Yo tampoco.

–Eso no es cierto. Tú estás constantemente en los periódicos, y tu hermana tiene un programa de cocina en la televisión. Creo que, si saliéramos ahora mismo a la calle, te reconocerían de inmediato, mientras que nadie sabe quién soy yo. Y esa es la razón de que este artículo sea tan importante.

–El único interés que hay en mí es para poder cotillear. Y ya te he dado las respuestas que estoy dispuesto a darte.

–Puedes ser un tipo muy terco, ¿lo sabías?

–Y tú eres un pit bull si no te sales con la tuya –le espetó él–. Somos demasiado parecidos. Los dos queremos ganar, y en esta situación eso no va a ocurrir.

–Supongo que piensas que has ganado tú.

–Eso pretendo.

–En ese caso, no hay nada más que decir, ¿verdad? –sentenció Nichole, levantándose y recogiendo el bolso.

Conner supo inmediatamente que había cometido un error con sus últimas palabras, pero es que su última pregunta le había escocido. Era exactamente lo que se temía que le preguntara si permitía que lo entrevistara. La información que quería de él era demasiado personal, y no estaba dispuesto a permitir que nadie, ni siquiera una mujer tan ardiente como Nichole, tuviera esa clase de acceso a su persona.

–No has ganado –le espetó ella cuando abría ya la puerta del despacho y lo miraba por encima del hombro–. No voy a rendirme.

–Tampoco esperaba menos de ti.

Salió moviendo las caderas, lo que le hizo desear que su secretaria no hubiera llamado a la puerta. Pero no había marcha atrás, ni manera de cambiar el pasado; él lo sabía mejor que muchos. Dios sabía que de ser posible, cambiaría montones de cosas.

Volvió a sentarse y se preguntó si su encuentro afectaría a la cobertura que hacía del programa y de Matchmakers Inc. Ojalá fuera lo bastante profesional como para no dejarse influir.

Sabía que lo era. Quería entrevistarlo, e iba a seguir trabajando desde distintos ángulos para conseguirlo, y una parte de sí mismo sentía curiosidad por saber cuál iba a ser su siguiente movimiento.

Llamaron a la puerta.

–Adelante.

–Su siguiente cita ha llegado –dijo Stella. Su secretaria andaba por los cuarenta y tantos años, y era madre soltera de dos hijos que ya estaban en la universidad. Llevaba diez años en el puesto, y le confiaba muchas cosas, seguro de que la oficina funcionaría a la perfección–. ¿Le hago pasar?

Conner miró la agenda en el monitor y suspiró horrorizado. Era Deke, un compañero del internado en el que estudió cuya fortuna familiar se había visto comprometida en una organización pirami-

dal. En ese momento estaba allí para pedirle trabajo.

–Sí, hazle pasar, por favor. Stella, no dejes que
esta reunión dure más de treinta minutos.

–Sí, señor. Así lo hago siempre –respondió ella
con una sonrisa.

Esa era la razón de que hubiera llamado antes a
la puerta del despacho.

Conner no sabía muy bien qué hacer con su antiguo compañero. En parte comprendía a Deke
más de lo que quisiera, ya que sabía bien lo que
era ver el nombre de su familia en los periódicos
relacionado con un escándalo.

Se levantó al verlo entrar. Su amigo medía más
de metro ochenta y tenía un pelo oscuro y ondula-
do. Estando en el internado, pertenecía al equipo
de remo, y aún tenía el torso de un atleta. Pero el
dinero de la familia le había permitido pasarse los
últimos quince años viajando por el mundo, y ca-
recía de las habilidades necesarias para desenvol-
verse en el mundo real.

–Hola, Deke –lo saludó, ofreciéndole la mano.

–Hola, Conner. Gracias por recibirme hoy
–contestó, estrechándosela.

–No es nada. Quería haberte llamado, pero he
andado muy liado. ¿Qué puedo hacer por ti?

Deke pareció incómodo un momento, pero
luego sonrió.

–Te traigo una oportunidad de inversión.

Capítulo Cinco

Nichole se pasó por el plató en el que se rodaba *Sexy and Single*, el *reality* de televisión sobre la empresa de Conner y del que ella había estado escribiendo un blog, con todo lo que ocurría tras las bambalinas. Mucha información y un poco de cotilleo.

La productora del programa era una de sus mejores amigas, Willow Stead. Willow se acercó a ella en cuanto la vio en el plató, que en aquella ocasión ocupaba la terraza de un edificio cerca de Central Park West. La tercera del trío de amigas, Gail Little, había sido la primera soltera en aparecer en el programa. Y Nichole había informado encantada de que su amiga había conseguido domesticar a su pareja, el millonario neozelandés Russell Holloway, y que estaban comprometidos.

La segunda pareja que había aparecido en el espacio, la diseñadora de moda Fiona McCaw y otro millonario, Alex Cannon, que había ganado su fortuna en el negocio de la informática, también estaba comprometida. Willow decía que su programa estaba en racha.

Pero después de participar en el programa, Gail había vuelto de lleno a su negocio de relaciones públicas, y la copa que se tomaban las tres juntas una vez a la semana era la única excusa que tenían para verse. Ojalá tuvieran más tiempo las unas para las otras.

–¡Hola, guapa! –la saludó Willow con un abrazo.

–Hola –contestó, intentando hacerlo con su habitual desparpajo, pero no lo consiguió del todo, ya que acababa de salir del despacho de Conner y él… bueno, la había dejado casi temblando.

–Rikki Lowell es imposible. No sé cómo es capaz de dirigir una empresa de organización de bodas. Es tan exigente… –se refería a la última soltera que había acudido al programa–. Cuánto me alegro de no tener que ser yo quien le busque la pareja –añadió, colgándose del brazo de su amiga.

Nichole sonrió.

–Se dice que es muy perfeccionista.

–Ya lo he visto. Creo que Paul no va a dar la talla.

–Es socio de uno de los bufetes más prestigiosos de todo el país. Seguro que algunos de sus requisitos sí que los cumple.

Lo había entrevistado tiempo atrás, y lo había encontrado encantador, listo y muy dulce.

–A lo mejor es hasta demasiado bueno para ella.

Willow se echó a reír, y Jack Crown, el famoso que hacía de presentador del programa, las miró. Había ido al mismo instituto que ellas, una prueba más de lo pequeño que a veces era el mundo. Pero iba dos cursos por encima de ellas, y Nichole no se acordaba de él.

–No mires, pero Jack Crown te está mirando.

–¿Ah, sí? –preguntó Willow, sin darse la vuelta.

–Sí. ¿Por qué te mira?

–¿Y yo qué sé?

–Mentirosa.

Willow se sonrojó.

–Ya hablaremos luego.

–Ya lo creo que hablaremos. Voy a llamar a Gail para que se traiga una botella de vino esta noche a tu casa.

–Vale, pero lo que diga es estrictamente confidencial.

–Siempre lo es –le recordó Nichole.

Las palabras de su amiga le hicieron pensar si sería esa la razón por la que Conner sentía que no podía confiar en ella. ¿Tendría miedo de que pudiera revelar detalles íntimos en su artículo?

–¿Alguna vez tienes miedo de que pueda escapárseme algo de lo que dices en un artículo? –le preguntó.

Willow arrugó el entrecejo.

–No. Sé que nunca harías algo así. Era una broma.

Nichole asintió.

–Llevamos tanto tiempo siendo amigas que confiamos la una en la otra.

–Pues claro. En él, aún no.

–¡Pero es tan mono!

–Como si ser mono significara algo.

–¿Te puedes creer que fuéramos al mismo instituto? Yo, desde luego, no me acuerdo de él para nada, aunque lo cierto es que me pasaba la vida en la biblioteca, y tengo la impresión de que Jack ni siquiera sabía de su existencia.

Willow se echó a reír.

–Yo tampoco lo sabía.

–Hablaremos de eso más tarde –cortó, al ver que Jack se acercaba.

Nichole le sonrió.

–¿Qué hay de nuevo?

–Pues que he tenido que volar con los Blue Angels el fin de semana pasado –le dijo con esa sonrisa suya toda dientes, una sonrisa que no parecía llegarle a los ojos… ya que su mirada había seguido a Willow, que se alejaba.

–¿Para uno de tus programas?

Jack presentaba al menos media docena de programas en tres cadenas distintas.

–Sí. *Carreras Extremas*. ¿Quieres hacerme una entrevista en exclusiva?

–¡Pero si hablas con todos los periodistas! No hay nada exclusivo que puedas contarme.

–¿Y qué quieres que te diga? –preguntó él, de nuevo con la misma sonrisa–. Me gustó el artículo que escribiste sobre Gail y Russell. Me preocupaba que fueras a exagerar lo que ocurre detrás de las cámaras.

–Gail es una de mis mejores amigas, y nunca escribiría nada que pudiera hacerle daño.

–No había caído en eso. Entonces, ¿tú también eres de Frisco?

–Sí. Y no me acuerdo de ti para nada, así que estamos empatados.

–Es curioso que nunca nos encontrásemos. Una pelirroja tan guapa como tú… desde luego me habría dado cuenta de tu presencia en el instituto.

–Seguramente no me viste porque me pasaba la

mayor parte del tiempo en la biblioteca o en el aula del señor Fletcher. Y no creo que tú hicieras alguna de esas dos cosas.

—¿Escribiste algo que yo pueda recordar?

—Solo si encontrabas fascinante el menú del comedor.

—¡Ah, eras tú! Me gustaría hablar contigo después para *Carreras Extremas*.

—Vale, pero te advierto que ser periodista de sociedad no tiene nada de «extremo».

—Lo sé. Esperaba que pudieras utilizar tus contactos para conseguirme un reportero de guerra.

—Conozco a un par de tipos que han estado en Oriente Medio. A ver si quieren hablar contigo.

—No me gustaría solo hablar con ellos; querría viajar con alguno y grabarles en su trabajo.

—No sé si accederán a eso.

—Déjame que hable yo con ellos. Puedo ser muy convincente, y si no, encontraré otro modo de lograr la historia que pretendo.

Una de las cosas que le había dicho Jack seguía reverberando en su cabeza: había más de un modo de conseguir una historia y, si Conner no accedía a hablar con ella, a lo mejor debía dirigirse a otro miembro de su familia, en especial a Jane Macafee. Ella estaba ya bajo los focos, y quizás pudiera aportar alguna idea sobre Conner que pudiera utilizar para su historia.

Conner desvió tres llamadas de su hermana al buzón de voz, y a duras penas pudo escapar de ella cuando se presentó en su despacho para hacerle una visita sorpresa. Al final, cuando vio que escribía sobre él en twitter, ya no pudo ignorarla más; descolgó el teléfono y marcó su número.

–Soy Conner –le dijo en cuanto contestó.

–Ya sé quién eres. ¿Por qué me estás evitando? –le espetó–. Solo quería saber qué ha pasado con la periodista pelirroja.

–Nada.

Jane era un auténtico kamikaze cuando decidía meterse en su vida personal. Además, no quería hablar de Nichole con nadie de su familia.

–¿Nada? Pues has pasado mucho tiempo con ella para no ser nada.

–Es que se puso un poco… difícil.

–Me alegro –Jane se rio–. A veces la vida es demasiado fácil para ti.

–¿Has llamado para meterte conmigo?

–El que ha llamado has sido tú –le espetó–. Yo he escrito en twitter sobre ti.

–Algo que te he dicho muchas veces que no quiero que hagas.

–Lo siento, hermanito, pero si me ignoras debes enfrentarte luego a las consecuencias.

–¿Qué quieres?

–Mañana por la noche doy una cena en casa, y tengo un número de invitados impar, así que necesito que vengas. A las ocho.

–¿Vas a grabarla?

En una ocasión estaba ella grabando su programa de cocina y él se presentó sin saber que la cena se iba a grabar. Dio media vuelta y se marchó, pero luego tuvieron una bronca monumental. Janey no entendía por qué seguía teniendo aversión hacia la prensa. Para ella, lo ocurrido con su padre quedaba años atrás, pero para él era distinto.

–No. Creo que los dos recordamos perfectamente lo que pasó la última vez que lo hice.

–Gracias, Jane. Iré encantado. ¿A las ocho, has dicho?

–Sí. ¿Has hablado con la periodista, entonces?

–Solo para pedirle que se marchara. Quería escribir sobre papá y aquel viejo escándalo –aclaró, lo cual no era del todo cierto, pero no quería que Jane hablase con Nichole. Su hermana podía ser muy terca si se le metía una idea en la cabeza.

–Vaya, qué lástima. Creía que iba a intervenir en el programa ese de Matchmakers Inc.

–Y es cierto. Pero también quería hurgar en el aspecto personal. Quería saber por qué, teniendo un servicio de búsqueda de pareja, sigo soltero.
–Una pregunta que mamá y yo nos hemos hecho muchas veces.

–Tú también estás soltera. ¿Te gustaría que alguien anduviera metiendo las narices en tus razones?

–Es que yo todavía no he conocido al hombre adecuado.

–Yo lo que creo es que no lo has buscado. Y yo quiero que seas feliz.

–Ya lo soy. Y sospecho que tú también. No somos como esas otras personas que necesitan tener pareja para sentirse plenos. Hace mucho tiempo que aprendimos a depender solo de nosotros mismos… y el uno del otro, claro.

–Claro.

No se había dado cuenta de que su hermana

pensaba igual que él. Había intentado protegerla a toda costa de aquel primer descalabro con lo de su padre.

—Creía haberte protegido del drama de la familia, que fue lo que hizo de mí un solitario.

—Y lo has conseguido. Siempre has sido el mejor hermano mayor que se puede desear.

—El mejor… pues eso no es lo que has dicho en twitter hace un rato.

Jane se echó a reír, que era lo que él esperaba. Le molestaba que su hermana pudiera estar tan cerrada a las relaciones como él. Él se había acostumbrado a vivir solo, pero su hermana era gregaria por naturaleza, y siempre tenía a un grupo de amigos a su alrededor.

—Te quiero —le dijo.

—Yo también, mocosa. ¿Va a ir mamá también a tu casa?

—No. Tiene una reunión de una de sus organizaciones benéficas, pero me dijo que, si no accedías a venir, te llamaría para apretarte las tuercas.

—Haciendo frente común otra vez, ¿no?

—Si no lo hiciéramos, te quedarías encerrado en el despacho como un eremita y, cuando consiguiéramos verte, quién sabe qué pinta tendrías.

—Qué boba eres.

Le gustaba que su hermana hubiera conseguido mantener su alegría de siempre. Afortunadamente había sido capaz de pasar página con los años, y el espectro del dolor por lo ocurrido se había difuminado.

—Ya lo sé. Mañana nos vemos.

Y colgó.

Conner se pasó el resto de la tarde de reunión en reunión y fingiendo no haberse dado cuenta de que Nichole Reynolds había escrito en twitter sobre él justo después de que lo hiciera su hermana.

Por eso continuaba entrando en twitter para ver si Nichole había escrito algo más... No sabía por qué demonios se había obsesionado tanto con esa mujer. Sabía besar como nadie, y con imaginársela en sus brazos la sangre se le ponía a cien, pero por lo demás era igual que cualquier otra mujer o cualquier otro periodista.

Qué tontería. ¿A quién pretendía engañar? Sabía que era distinta y quería volver a verla. La única pega era que había hecho cuanto estaba a su alcance para asegurarse de que no volviera.

Era consciente de que le había dicho algunas cosas desagradables la última ocasión en que se vieron. Otra clase de hombre, uno mejor que él, habría llamado para disculparse, o le habría enviado un ramo de flores o una joya, pero él no podía ser ese hombre... o mejor, no estaba dispuesto a serlo. Como Janey le había dicho, la vida era más sencilla cuando no se dependía de nadie, y no estaba dispuesto a poner esa tranquilidad en peligro por Nichole Reynolds, fuera cual fuese el efecto que tuviera en él.

Willow vivía en Brooklyn, en una de esas casas adosadas con la fachada en piedra marrón que valían millones de dólares antes de la recesión. Había esperado a que la propiedad que quería bajase de precio para poder comprarla. Era algo que Nichole envidiaba de su amiga: que tenía paciencia. Esperaba lo que hiciera falta con tal de conseguir lo que se proponía.

Llamó a la puerta justo en el momento en que un taxi se detenía junto a la acera, y de él bajaba Gail. Al verla, le sonrió, y Nichole volvió a notar la felicidad que irradiaba su amiga. Las dos se abrazaron. Willow abrió la puerta con el móvil pegado a la oreja y con un gesto las invitó a pasar.

–¿A qué se debe esta reunión de urgencia? –preguntó Gail en el vestíbulo, y ellas dos entraron en la cocina.

–Willow tiene un secreto sobre Jack Crown –opinó Nichole, abriendo la puerta de un armario para sacar las copas de vino. Gail abrió la botella de chardonnay frío que había llevado y sirvió tres copas.

–¿Ah, sí?

–No –intervino Willow, que entraba en aquel momento–. Nos conocemos del instituto.

–¿Y cómo es que no lo habías mencionado antes? –preguntó Nichole.

Willow suspiró y tomó un sorbo de su copa.

–Si me vais a someter al tercer grado, mejor nos sentamos. He pedido una pizza, y estará a punto de llegar.

–Bien –Gail sonrió–. Tenemos tiempo para que nos hables de tu Jack.

–No es mi Jack… fui su tutora un año.

–¿De qué año hablamos? –preguntó Nichole.

–De primero.

–Uf, debió de ser humillante para él –comentó Gail.

Willow se sonrojó y bajó la mirada a su copa.

–No tengo ni idea. Necesitaba ayuda en lengua. Eso es todo.

No hacía falta poseer las habilidades periodísticas de Nichole para saber que había mucho más.

–Sí, ya.

–¿Por qué no nos habías hablado nunca de él?

–Porque era un chaval más de los que tenía en refuerzo. Nada de particular.

–¿Ya era tan mono entonces? –quiso saber Nichole–. Tenía que serlo. Tiene lo que los científicos llaman el triángulo de oro: una cara perfectamente simétrica. Es un tío guapo.

–Que no te oiga decirlo, no vaya a ser que se le suba a la cabeza.

–Eso no lo diría su antigua tutora. ¿Qué ha pasado entre vosotros? –preguntó Gail.

Willow apuró la copa y se sirvió más vino.

–Pues él… era solo un adolescente y yo era una tonta que pensaba que porque fuera amable conmigo en privado, también lo iba a ser en público.

–Vaya, Will… lo siento –respondió Nichole, dejando la copa para abrazar a su amiga. Gail se unió a ellas, acariciándole la espalda a Willow–. Qué mal rollo. Ahora no parece mal tío –comentó Nichole.

–Seguramente te caería bien. No se toma las cosas demasiado en serio.

Nichole ya no estaba segura de tomarse la vida con desenfado. Desde luego con Conner no había podido hacerlo. Quería tener algo más con él, pero no estaba segura de poder confiar en sí misma.

–No es mi tipo –contestó, comparándolo mentalmente con Conner, que parecía haberse convertido de pronto en el hombre de sus sueños.

–¿Desde cuándo? –preguntó Willow.

–Puede que antes sí me hubiera gustado…

–¿Antes? –repitió, rápida, Gail–. ¿Es que tienes a alguien? ¡Esto se pone interesante! Me parece a mí que tanto afán en preguntarle a Willow era para que no te hiciéramos preguntas a ti.

Nichole se mordió el labio inferior.

–Bueno, sí… hay un hombre. Pero es complicado, y no creo que vaya a salir nada en claro. Pero sí que me gustaría.

–¿Complicado, en qué sentido? –preguntó Willow–. ¡Ay Dios! ¡No estará casado!

–Pues claro que no. ¿Te parezco capaz de salir con un hombre casado?

–Has dicho que era complicado, y no sueles dejar que se te acerquen demasiado –explicó Gail.

–Lo que quería decir es que… bueno, da igual. No quiero hablar de ello –contestó. Le había herido que sus amigas la creyeran capaz de salir con un casado.

–Lo siento –dijo Willow–. Es que te has acercado mucho al nervio con tus preguntas sobre Jack y supongo que he querido devolvértelo. Sé que nunca tendrías una aventura con un hombre casado.

Nichole asintió, pero aún no podía perdonar.

–No te enfades, Nic. No siempre podemos elegir a quien nos atrae. No se nos ha ocurrido pensar que fueses a tener algo con un casado, pero eso no quiere decir que no te hubieras podido enamorar de uno.

–Tienes razón en lo de que no podemos elegir de quién nos enamoramos –corroboró Gail–. Yo nunca pensé que me iba a enamorar de un playboy. Ya sabéis que Russell no era mi tipo... hasta que empecé a sentir algo por él.

–Sí que era tu tipo. Lo que pasa es que no podías verlo por la cantidad de flashes que saltaban a su paso –aclaró Nichole.

–Estuve colada por Jack en el instituto –explotó Willow–. Terminó mal, y he tenido ganas de devolvérsela desde entonces.

–¿Devolvérsela, cómo? –preguntó Nichole.

–No sé. Vengarme humillándolo de alguna manera. Creía tenerlo superado, pero no.

–Madre del verbo divino...

–¿«Madre del verbo divino»? ¿Qué tienes? ¿Noventa años? Nuestra amiga busca venganza. Tenemos que usar palabras fuertes, guapa.

Gail negó con la cabeza.

–Willow no va a cambiar de opinión, y tengo la impresión de que va a ser...

–¡Complicado! –intervino la aludida–. Igual que la situación de Nichole.

Las tres se echaron a reír justo cuando sonaba el timbre. Con la pizza ya sobre la mesa, la conversación giró en torno al programa y Nichole dejó que Conner y cómo le había complicado la existencia volviera a adueñarse de sus pensamientos. Tenía que haber otro modo de conseguir la historia y de tenerlo a él, porque no estaba dispuesta a permitir que se le escabullera.

Capítulo Seis

Conner trabajó hasta el último momento, pensando en llegar a casa de su hermana razonablemente tarde. Si Nichole hubiera estado allí para verle, se habría dado cuenta de que no era un animal social. Le imponían respeto las fiestas y demás reuniones sociales porque lo de la charla insustancial no era lo suyo.

Bueno... en realidad no le gustaban porque detestaba sentirse rodeado de desconocidos que podían saber demasiado de su pasado. No se explicaba cómo Jane era capaz de sobrevivir estando permanentemente bajo los focos. Siempre había gente que quería sonsacarle sobre su pasado y hacerle preguntas sobre cómo había sido tener que pasar por esa humillación pública.

Algo que él esperaba no tener que recordar nunca. Cuando estaba a una manzana ya de casa de Jane, cayó en la cuenta de que no había comprado un ramo de flores, o una botella de vino. Y uno no se podía presentar en casa de la mejor anfitriona de América sin un regalo. Jane le crucificaría.

–Párate en la esquina, Randall –le dijo a su chófer–. Tengo que comprar una botella de vino.

–Sí, señor.

Conner se bajó a toda prisa y compró el mejor

vino que tenían en la tienda de la esquina. Mientras esperaba en la fila para pagar, vio el rostro de Nichole impreso junto a la columna que firmaba en el *America Today* y que la mujer que tenía delante estaba leyendo.

Mirando por encima de su hombro, vio que el artículo trataba de Jack Crown y su último y atrevido truco publicitario. Lo había conocido cuando lo contrataron para presentar el programa de la televisión, pero no había tenido ocasión de conocerlo de verdad.

—¿Por qué no se compra uno? —protestó la señora, doblando el periódico y poniéndolo sobre el mostrador para que se lo cobraran.

—Disculpe —dijo, avergonzado de que le hubiera pillado con las manos en la masa. Pero no iba a leer las columnas de sociedad ni de ese, ni de ningún periódico. Eran puro cotilleo, y no iba a hacerlo. No obstante, si no le quedara más remedio que hablar de ello, diría que el estilo de Nichole era muy brillante. Quería leer más.

Pero no en aquel momento. Pagó la botella y se quitó de la cabeza a la pelirroja para subir al coche. Randall condujo hasta la torre de apartamentos de Janey, pero, cuando se detuvo junto a la entrada, no sintió demasiadas ganas de bajarse.

—Te enviaré un mensaje cuando quiera marcharme —le dijo—. No creo que te haga esperar mucho.

Randall se sonrió.

—Estaré esperándole en el garaje.

Conner tomó el ascensor hasta el ático y marcó el código que le permitiría acceder directamente a casa de su hermana. Cuando salió tuvo la incómoda sensación de que no había calculado bien cuál era el mejor momento para hacer su aparición. La primera persona que vio al entrar fue Palmer Cassini.

–Vaya, así que a ti también te ha liado para que vinieras –dijo Palmer. Habían sido compañeros en el colegio y lo consideraba uno de sus mejores amigos. Inteligente, divertido y gran deportista, asiduo de su familia.

–Desgraciadamente, sí. Me acorraló diciendo que había un número impar de invitados.

–Conmigo ha usado otra técnica. ¿Qué tal te va?

–Bien. Los negocios son los negocios, pero estamos empezando a dar beneficios, y con la situación actual, es cuanto se puede pedir.

–Lo dices como sin darle importancia, pero sé que os va bien porque eres un líder inteligente.

–¿Dónde está mi hermana?

–En la cocina, con una invitada, que sospecho ha invitado para ti.

–Entonces, es el momento de escapar, ¿no? –bromeó Conner.

–Yo no lo haría. Es una mujer muy sexy.

–A lo mejor te gustaría que la hubiera invitado para ti.

Él estaría encantado de cederle el honor y escabullirse discretamente.

–En absoluto. No debería decirte esto, pero a mí la que me interesa es tu hermana.

–¿Ah, sí?

–Sí, pero es terca como una mula y no me deja acercarme a ella.

–Ten cuidado con lo que haces, Palmer. Si le haces daño a Jane…

–Me ajustarías las cuentas, lo sé. Pero es ella la que me hace daño a mí. No quiere dar lugar a que haya algo serio entre nosotros, y cada vez que me acerco demasiado, me da con la puerta en las narices, como hizo en la fiesta del Cuatro de Julio.

En el fondo le daba pena de su amigo. Era duro cortejar a una mujer cuando se ponía difícil. Y aunque él no cortejaba a Nichole, sabía que era una mujer difícil.

–Si ha de ser tu futuro, así será –sentenció, dándole una palmada en la espalda.

–No sé si quiero tener al destino de mi parte. Puede ser una amante muy cruel –Palmer se rio–. Anda, vamos con las chicas.

Conner no estaba convencido de querer ir a su encuentro, pero con un poco de suerte, la mujer a quien Jane había invitado le ayudaría a quitarse a Nichole de la cabeza aunque fuera solo por aquella noche. Incluso en aquel momento le parecía estar oyendo su voz, pero en cuanto cruzó el umbral de la cocina, se dio cuenta de que no era que la cabeza le estuviera jugando malas pasadas.

Nichole estaba de pie junto a su hermana, ayudándola a preparar algún tipo de entrante y riéndose por algo que Jane había dicho.

Recordando la última vez que la había visto, hacía solo un día, y cómo había salido entonces de su despacho, no pudo evitar pensar que estaba allí para vengarse. Debía de haber intentado atacar a su hermana al no ser capaz de buscarle las vueltas a él.

–Ayayay… mi hermano no parece muy contento de verte –adivinó Jane.

–Ya te lo decía yo –contestó Nichole.

Conner le entregó la botella de vino a su hermana y le dio un beso en la mejilla.

–Nichole, me gustaría hablar un instante contigo en privado. Jane, voy a usar tu estudio.

Dio media vuelta y salió de la cocina. Oyó el sonido de los pasos de Nichole detrás de él y entrando en el estudio, la esperó.

Cuando hubo entrado, cerró la puerta y se volvió a ella para preguntarle:

–¿Se puede saber qué demonios haces aquí?

Nichole sospechaba que a Conner no iba a hacerle mucha gracia verla allí, pero no se había imaginado que su enfado iba a ser de esas proporciones.

–Cenar.

–No me toques las narices. La primera vez me hizo gracia, pero ahora no tanta.

–No pretendo pasarme de lista. He venido a cenar, y no tenía ni idea de que ibas a estar tú.

–Ya.

–¿Y qué crees que puedo hacer? Tu hermana es amiga de una de mis mejores amigas. Bueno, tú también conoces a Willow.

–¿Es a ella a quien le has pedido que te acerque a mi hermana?

–En absoluto. Quiero entrevistarte a ti, Conner, no a tu hermana. Me he reído con ella porque piensa que haríamos buena pareja, tú y yo, pero que como soy periodista no puedes ver mis encantos. Y cito textualmente.

–Puedo ver tus encantos con toda claridad –murmuró, frotándose la nuca–. Así que no estás aquí para indagar sobre mí.

–No. Y me insulta que pienses que haría algo así. Soy periodista, pero tengo ética. Ni me invento la historia de los demás, ni rebusco en la basura para encontrar pistas. Cuando escriba tu historia, será porque tú me hayas dado permiso para hacerlo.

Era verdad que se sentía insultada. ¿Y quién no? Pero más que nada, le había hecho daño. Tenía la sensación de que Conner estaba haciendo cuanto podía por evitar sentirse atraído por ella, y, si eso significaba que tenía que convencerse de que ella era la mala, lo haría.

–No voy a quedarme a cenar. Tu hermana es encantadora, pero tú no eres el hombre que yo creía.

Y dio la vuelta.

Conner la sujetó por un brazo en el último momento.

–Lo siento.

–¿Qué?

–Que lo siento –repitió él–. Ya me había sentido acorralado por Janey, y luego verte a ti aquí ha sido como echar gasolina al fuego. Pero me he alegrado de verte. Bueno, me alegro. Maldita sea, Nichole… eres una complicación para mí.

–Eso ya lo he dicho yo antes sobre ti. No sé por qué no puedes acceder sin más a la entrevista para que podamos olvidarnos de ella.

–No puedo hacerlo porque he jurado que no volvería a conceder una entrevista jamás.

–Sin embargo, has estado dispuesto a negociar conmigo.

–Es que es la única carta que tengo –admitió él–. Es lo único que puedo decir para mantener tu interés vivo y que quieras quedarte conmigo.

–Podrías probar a pedirme que me quede.

–No, no puedo. Entonces sabrías lo mucho que me gustas.

Nichole lo abrazó y apoyó la cabeza en su hombro.

–¿Por qué lo haces todo tan difícil?

–¿Yo?

–Sí –contestó Nichole, dando un paso atrás–. ¿Por qué te resulta tan difícil?

–¿El qué? ¿Lo nuestro?

Ella asintió, y en ese momento se dio cuenta de lo vulnerable que se sentía.

–Pues porque no te pareces a las otras mujeres con las que he salido.

–Parece una frase hecha.

–No lo es. Eres tan apasionada, te entregas tanto a tu trabajo… no dejas que nada se interponga en tu camino, pero cuando te tengo en mis brazos sé que eres igual de apasionada conmigo. Es lo que quiero, y sin embargo…

–¿Qué?

–Pues que también pareces una persona tremendamente absorbente.

Entendía perfectamente lo que pretendía decir. Sospechaba que tenía tanto miedo como ella de permitir que alguien se le acercase demasiado. Los dos estaban acostumbrados, cada uno a su modo, a estar solos, y conocer a una persona del otro sexo con la que la química fuera tan intensa, era una amenaza.

Llamaron a la puerta y alguien abrió. Era Jane, que llevaba dos copas en la mano.

–Siento no haberos dicho que os ibais a encontrar aquí –dijo.

–No pasa nada –contestó Nichole.

–Luego hablamos –dijo Conner.

Pero Jane le entregó una copa de cóctel a Nichole y a él lo abrazó.

–Es culpa tuya, por no haberme contado lo que había entre vosotros. Pero yo sabía que pasaba algo.

Nichole vio que la expresión de Conner cambiaba, y aunque la intención de Jane era ayudar, acababa de hacer lo único que podía empujar a Conner aún más lejos de ella: él llevaba a gala su capacidad para mantenerse distante de todos, pero su verdadera naturaleza quedaría al descubierto si todo el mundo los veía como pareja.

La cena no resultó tan incómoda como él se esperaba. En primer lugar, los invitados resultaron ser solo ellos cuatro, y dado que Palmer y Jane eran dos de sus personas favoritas, le resultó fácil relajarse. Pero eso mismo le hizo ponerse en guardia todavía más. No quería ofrecerle a Nichole, inadvertidamente, algo que pudiera usar más adelante.

Una vez se sirvió la comida, Jane demostró estar en su elemento como anfitriona, ocupándose de mantener las copas llenas y la conversación animada.

–Oye, Nichole, siento curiosidad. ¿Por qué decidiste hacerte periodista? –preguntó Jane después de que Palmer les hubiera referido una divertida historia de su primer partido de polo, cuando los nervios le ganaron la partida y acabó cayéndose del caballo.

–Siempre he querido serlo. Cuando era pequeña, me veía como una especie de Nancy Drew.

–A mí también me gustaba Nancy Drew –respondió Jane–, pero resolver asesinatos no es lo mismo que ser periodista.

Nichole dejó los cubiertos y tomó un sorbo de su copa antes de inclinarse hacia delante y decir:

–Cuando estaba en el instituto, tenía al señor Fletcher de profesor de lengua, y era el encargado del periódico de la escuela. Le gustaba mi forma de escribir y me dijo que debería incorporarme al periódico. Al final lo hice, y me gustó.

–¿Qué es lo que te gustó, exactamente? –preguntó Conner, que sentía deseos de saber más de ella. De pronto había dejado de ser una periodista entrometida. Era alguien más real para él.

–Mi familia tenía un montón de secretos. Cosas de las que no hablábamos, ni entre nosotros, ni con nadie de fuera, y eso no es bueno. Me gustaba pensar que con mi trabajo iba a encontrar la verdad, que informaría sobre ella y que así todo el mundo sabría lo que de verdad estaba ocurriendo. Era algo tan radicalmente distinto a lo que yo había conocido en mi casa, que me volví adicta a ello, diría yo.

–Es lo mismo que me ocurrió a mí con el estilo de vida tan perfecto que muestro en la televisión. En la vida real, no soy perfecta.

–En eso no estoy de acuerdo –respondió Palmer.

–No me conoces lo suficiente para poder saberlo –le espetó Jane, sonriéndole.

–Es lo que intento, conocerte –respondió Palmer, riendo.

Nichole tomó el tenedor y jugó con los espárragos que tenía en el plato.

Conner quería saber más. ¿Qué clase de secretos había aprendido a ocultar? Seguro que no se parecían a los de su padre. Pero, cuando ella levantó la mirada y lo pilló mirándola, le sonrió. Nichole se sonrojó.

–¿Qué te animó a hacer un programa de cocina y tendencias?

–Siempre me había gustado que mi habitación fuese mi refugio secreto, y fue así como empecé a aprender a coser y a hacer cosas con mis propias manos. Y luego, cuando tuvimos que dejar nuestra casa de los Hamptons, hubo unos seis meses que estuvimos sin cocinera, ¿te acuerdas? –le preguntó Jane a su hermano.

–Sí. Y tú empezaste a cocinar para mamá y para mí.

–Bueno, a mamá se le da de maravilla recaudar dinero para sus obras benéficas y jugar al bridge, pero cocinar, no sabe.

–Y así encontraste tu vocación –comentó Nichole.

–En efecto –corroboró Jane–. Me gustaba la sensación que me producía hacer la comida a mi madre y a Conner. Les hacía feliz, y la vida era buena mientras estábamos sentados a la mesa.

Conner deseó que su hermana no hablase así delante de Nichole. No tenía ni idea de lo que acabaría publicando sobre él o sobre su hermana. No tenía nada, excepto su palabra, de que solo utilizaría lo que él le contase en una entrevista.

–Yo también me siento así cuando me siento a la mesa de la cocina de mi madre –dijo Palmer–. Tenemos cocinera, pero a mi madre le gusta cocinar para mis hermanos y para mí. Y el amor que pone en los platos, se nota.

–¿Y tú, Nichole? –quiso saber Jane–. ¿Eres como mi madre, o como yo?

Nichole se mordió el labio inferior, un gesto que solía hacer cuando no sabía qué decir.

–No lo sé. Vivo sola, y no suelo cocinar. Pero creo que quizás, algún día, si tengo una familia, me gustaría crear algo especial, como haces tú o la madre de Palmer.

A Conner no le gustó la idea de que Nichole fuese a tener familia algún día, pero no quiso preguntarse por qué. Sabía que no iba a ser él el hombre que ocupase ese lugar en su vida, y no quería contemplar la posibilidad de que fuese otro.

–Qué bonito –comentó Jane–. ¿Y tú, hermano?

–¿Yo, qué? Yo no voy a casarme. Me gusta demasiado la libertad.

–No creo que eso sea cierto, pero tendremos que dejar esa conversación para otra cena.

–¿Y yo, Jane, querida? ¿No quieres saber lo que pienso? –intervino Palmer.

–No. Sé lo que quieres, y es un sueño que no quiero compartir. ¿Postre?

Apartó la silla y se levantó. Palmer la seguía con

la mirada, y Conner tuvo que admitir que su amigo le daba lástima.

–Voy a ayudar a Jane a recoger –dijo Nichole, recogiendo unos cuantos platos para llevarlos a la cocina.

–¿Por qué es tan terca tu hermana? –preguntó Palmer, y su acento brasileño se acentuó–. Sé que podría hacerla feliz.

En condiciones normales, a Conner no se le habría ocurrido ofrecerle consejo. Jamás se había metido en la vida personal de su hermana, precisamente para que ella no se metiera en la suya, pero le gustaba Palmer y quería que su amigo fuese feliz.

–Es que no confía en la felicidad.

–¿Qué quieres decir?

–Pues que la última vez que fue verdaderamente feliz y que confiaba en alguien, todo le explotó en la cara.

–¿Te refieres a lo de tu padre?

–Sí.

–¿No ha habido ningún hombre en su vida desde entonces?

–No, que yo sepa.

–Entonces, me temo que voy a tener que trabajar el doble para demostrarle que en mí sí que puede confiar. Que no soy como tu padre.

–Lo vas a tener complicado –le advirtió Conner–. Nuestro padre le hizo mucho daño.

La puerta del comedor se abrió y Nichole apareció allí. Sabía que había oído sus últimas palabras y le fastidió. Si fuera solo una invitada en la casa de su hermana, podría fingir que no significaba nada, pero era una periodista empeñada en hurgar en su pasado.

Jane volvió con el café en una bandeja y una falsa sonrisa. A partir de aquel momento se mostró animada en exceso, y resultaba casi doloroso ver cómo se esforzaba por ser la anfitriona perfecta, cuando antes de aquellas palabras sí que había disfrutado de verdad con la velada. La tensión entre Palmer y ella era palpable.

Nichole debió de sentirla también, porque en cuanto acabaron el postre, miró su reloj y dijo que tenía que marcharse ya porque al día siguiente madrugaba.

–Te acompaño –se ofreció Conner. Le amargaba que, a pesar de los años transcurridos, su padre aún tuviera la capacidad de hacerlos sufrir, tanto a su hermana como a él. No era justo que ninguno de los dos hubiera encontrado el modo de sanar de sus heridas.

–Vale –contestó Nichole–. Pero no hace falta.

–A lo mejor quiere disfrutar de tu compañía –intervino Palmer–. A veces un hombre solo pretende demostrarle quién es a una mujer.

–O puede que yo también tenga que marcharme, sin más –replicó Conner.

Sabía que Palmer le había estado hablando a Jane, pero no quería que Nichole pudiera hacerse una idea equivocada.

Capítulo Siete

Nichole estaba cansada y quería irse a casa. Lo que había empezado siendo una noche divertida e interesante, había terminado por ser una velada con mucha tensión, tanto en la casa como en aquel instante en que bajaba con Conner en el ascensor. Sobre todo cuando le vio estirar de pronto el brazo y pulsar el botón de parada.

–Todo lo que Jane ha dicho esta noche era extraoficial. No me gustaría que apareciera mañana en tu columna.

Ella suspiró para contener las ganas de darle un buen puñetazo en el estómago.

–Ya te he dicho que tengo ética. ¿Cuándo vas a querer entenderlo? ¡No escribo sobre lo que mis amigos me cuentan en una cena! Que sientas la necesidad de decirlo me convence de que estaba completamente equivocada contigo desde el principio.

–¿A qué te refieres?

–A que creía que a lo mejor teníamos posibilidades como pareja.

–Yo no quiero que seas mi pareja, sino mi amante.

–Ya lo sé –contestó ella, pulsando un botón para que el ascensor volviera a ponerse en movimiento–. Es cierto lo que he dicho de que tengo una reunión muy temprano, y además ya hemos tenido esta conversación antes, así que espero que no te moleste que no volvamos sobre ello ahora.

Conner se apoyó en la pared del ascensor y la miró fijamente.

–No te ofendas, pero es que no puedo correr riesgos.

–¿Por qué?

–Cuando tenía diecinueve años y acababa de tomar las riendas de Macafee Internacional, *Business Week* envió a un periodista a entrevistarme. Era más o menos de mi edad, y me fue muy fácil empatizar con él. Se pasó casi una semana acompañándome a todas horas en el despacho. Yo bajé la guardia y le hablé con toda sinceridad. Él publicó cosas que no formaban parte de la entrevista en sí, y yo aprendí por la vía dura que con un periodista no existe nada que sea verdaderamente *off the record.*

Nichole sintió rabia hacia el periodista que lo había engañado, y tristeza por el joven que Conner era entonces.

–Yo no soy así.

–Eso es lo que tú dices, pero también me dijiste que harías lo que fuera para conseguir esta historia. Y luego, llego a casa de mi hermana y te encuentro allí… en fin, que me huele mal.

–Ella me invitó –contestó Nichole, pronunciando despacio, aunque la rabia que había sentido antes por su actitud había desaparecido. En aquel rato había conseguido atisbar al hombre que Conner era por dentro, y no iba a dejar que se le escapara. Era un hombre de emociones complejas, y

81

aquella noche lo había comprobado. Y aunque también era arrogante y exigente, empezaba a sospechar que todo ello formaba parte de una coraza que utilizaba para impedir que volvieran a herirle.

–¿Por qué me miras así?

–Porque tengo la sensación de que apenas he rayado la superficie del iceberg que es Conner Macafee.

–¿Iceberg? Yo creía haber demostrado que era todo menos frío en lo que a ti respecta.

–Bueno, sí, sé que ardes cuando estoy en tus brazos, pero pareces tan enérgico y sólido el resto del tiempo que sería fácil aceptarte como un hombre que desea tener una amante. Pero luego el agua se mueve, y veo algo escondido en las profundidades de tu personalidad.

–Eso es muy profundo, y yo no lo soy tanto. Solo soy un tipo al que le gusta salirse con la suya, y ahora mismo la mía es tenerte a ti en mi cama.

–Si solo fuera eso lo que pidieras…

–¿Tendrías una aventura de una sola noche conmigo?

–¿Me concederías una entrevista?

–No he cambiado de opinión –respondió él.

–¿Estás seguro?

Las puertas del ascensor se abrieron en el vestíbulo. No había mucha gente por allí y Conner la tomó por el brazo para llevarla a un rincón tranquilo.

–No del todo. Cuando antes te he oído hablar de secretos, he sentido ganas de preguntarte por tu infancia. ¿Estarías dispuesta tú a hablarme de ello?

–Quizás –respondió, aunque no le gustaba hablar de sus secretos. Le enervaba ser consciente de que no podía romper las costumbres grabadas en ella desde la infancia.

–¿Y si te diera un beso? –preguntó él.

Eso le hizo sonreír.

–Eres un timador profesional, ¿lo sabías?

–Sí. Si la fuerza de voluntad no consigue convencerte de que me des lo que quiero, no me da miedo usar mis encantos para conseguirlo.

–¿Seguimos jugando? –preguntó Nichole, porque necesitaba saberlo antes de correr el riesgo de seguir enamorándose de él.

Le rodeó la cintura con los brazos, y quedaron tan cerca que Nichole sintió su respiración en la mejilla. Olía como siempre, delicioso y fresco, y deseó poder acurrucarse en su pecho para dejar que sus sentidos disfrutasen de aquel contacto.

–No estoy seguro –admitió él.

Con cualquier otro hombre, esa respuesta no habría sido suficiente, pero con Conner era más de lo que esperaba. Era tan reservado, y estaba tan acostumbrado a protegerse manteniendo al resto del mundo a raya que tuvo la sensación de que incluso aquella pequeña admisión era un tesoro.

–Yo tampoco –respondió, mirándolo.

–¿Cómo te vuelves a casa?

–En taxi. ¿Por qué?

–Porque tengo a mi chófer esperando. ¿Te acerco?

–¿Por qué quieres llevarme?

–Porque aún no quiero despedirme de ti.

–¿Ah, no?

–¡No seas tan desconfiada! –se rio mientras escribía un mensaje en el móvil.

–Es que contigo no queda otro remedio.

–Eso no es cierto –respondió Conner, tomándola por el brazo para conducirla hacia la salida–. Solo quiero tener la oportunidad de descubrir tus secretos.

Conner se alegró de que aceptase su ofrecimiento porque no estaba preparado para poner punto final a la noche. Randall no dijo nada cuando le dio la dirección de Nichole, sino que se limitó a conducir a ritmo estable por las calles de Manhattan.

Nichole iba acomodada en el asiento de cuero de su Rolls Royce Phantom, mientras que él había apoyado el brazo en el respaldo y se dedicaba a enroscarse en el dedo un mechón de su cabello para ver cómo se desenroscaba al soltarlo.

–Me estás complicando mucho la vida –dijo ella al fin.

–Lo sé. ¿Qué clase de secretos guardaba tu familia? –le preguntó. No iba a disimular fingiendo que no le interesaba su pasado. Saber qué clase de persona era podía facilitarle la tarea de confiar en ella, aunque también le ayudaría descubrir qué clase de presión ejercer para conseguir que se plegara a sus deseos.

–¿Sigues queriendo saberlo?

–Deja de marear la perdiz. Sabes que quiero saberlo todo de ti. El otro día intenté averiguar cosas en Internet, pero solo encontré comentarios sobre tu columna y los artículos que has escrito.

–¿Me has investigado?

–Es lo que me aconsejó mi abogado que hiciera.

Ella lo miró muy quieta un instante y luego se echó a reír.

–¿Es que te relacionas con chiflados?

–No. Era una broma. Solo quería saber más de ti. Descubrir qué es lo que hace funcionar a la mujer que hay detrás de la periodista.

Ella se giró en el asiento para quedar de frente a él.

–No hay mucho que contar. El secreto de mi familia no es ni muy malo, ni muy oscuro. Lo peor fue cómo lo manejamos nosotros.

Su modo de quitarle importancia le hizo comprender que no era tan insustancial como quería hacerle creer.

–¿De qué se trata?

–De una depresión. Una depresión tan profunda que provoca en quien la padece instintos suicidas.

–¿Quién la padeció? –le preguntó él. No le gustaba cómo sonaba aquello.

–Mi madre. Tomaba una medicación que la ayudaba a controlarlo, pero la dejaba como un vegetal, y ella la odiaba. Mi niñez fue una sucesión de altibajos y nunca pudimos hablar de sus periodos de melancolía, como ella lo llamaba.

–¿Y tu padre? Algo os explicaría él.

–La verdad es que no. Pasaba la mayor parte del tiempo trabajando, y a él se lo ocultábamos si podíamos. Soy hija única, así que en casa solo estábamos mi madre y yo. Cuando era pequeña, mi padre viajaba mucho, y sus ausencias disparaban los síntomas de mi madre.

Conner recordó lo que había dicho al principio.

—¿Intentó suicidarse alguna vez?

Nichole se volvió a mirar por la ventanilla y Conner vio su expresión angustiada en el reflejo del cristal.

—Una vez. Tuvimos que llamar a mi padre. Yo tenía catorce años. Dejó de viajar a partir de entonces, y mi tía Mable se vino a vivir con nosotros para cuidar de ella mientras mi padre estaba trabajando.

—¿Sirvió de algo?

—Sí. Ahora está mucho mejor. ¿Ves como no era un secreto tan grave? No es como si me hubiera maltratado o algo así.

—Bueno, me alegro de que nunca te maltratase, pero aun así viste cosas que ningún niño debería llegar a ver. ¿Quién la encontró?

—¿Cuando intentó suicidarse?

Conner asintió. Sospechaba que el hallazgo lo había hecho ella, pero quería oírlo de sus labios.

—Yo. Creí… pensé que estaba dormida, e intenté despertarla, pero al no conseguirlo me asusté y llamé a mi padre. Él fue quien avisó a urgencias. Yo me quedé sentada en el suelo junto a ella, dándole la mano. Fue horrible.

Conner le puso un mano en el hombro para consolarla, y a continuación la abrazó.

—Lo siento.

—No tiene nada que ver contigo, pero gracias de todos modos. Mi padre y yo tuvimos una larga conversación sobre todo aquello y después mi madre comenzó a mejorar. ¿Sabes una cosa? Fue entonces cuando me di cuenta de que, si hubiera sabido desde el principio lo mal que lo pasaba mi madre cuando él tenía que viajar, habría dejado de ausentarse antes. Eso me ayudó a decidirme a ser periodista. Pensé que quizás, si era capaz de descubrir hechos que para los demás permanecen ocultos, podría ayudar a alguien.

Conner se quedó pensativo. Había sido un periodista el que había descubierto la existencia de la otra familia de su padre, y eso les había hecho un flaco favor tanto a su hermana como a él. Lo único que podía ayudar en esas situaciones era que los adultos se comportasen como tales: padres conscientes de que su primer deber era para con sus hijos, algo que su padre jamás comprendió.

–Me alegro de que hayas podido encontrar una carrera que te ayudara –contestó con sinceridad, aunque fuera precisamente su profesión lo que seguía apartándola de él.

El coche se detuvo despacio delante de la entrada de un edificio.

–Ya hemos llegado –dijo ella.

Conner la sujetó por la muñeca antes de que pudiera abrir la puerta para bajar.

–He intentado borrarte de mis pensamientos.

–Yo también.

Él sonrió.

–¿Considerarías volver a negociar conmigo? Creo que no voy a poder dormir, ni tener un minuto de paz hasta que esto quede resuelto.

Nichole se mordió el labio inferior y él se acercó a besarla.

–Deja de destrozarte los labios así. Sabes tan bien como yo que quieres ver lo que hay entre nosotros.

–Sí. ¿Quieres subir a tomar una copa? Podemos hablarlo en mi salón en lugar de en el asiento trasero de tu coche.

–Me encantaría.

Randall bajó del coche y abrió la puerta. Nichole salió, Conner lo hizo a continuación y le dijo a su chófer que tenía el resto de la noche libre.

–Esto… ¿cómo piensa volver a casa?

–Tomaré un taxi.

Siguió a Nichole por los tres tramos de escaleras interiores que daban acceso a su casa. Ella metió la llave en la cerradura, pero se detuvo. Dudaba. Él también sabía que, una vez entraran en su casa, algo cambiaría entre ellos.

Iba a ser la primera vez que estuvieran en un lugar íntimo los dos juntos. Ni en la fiesta de su madre, en el despacho, o en el piso de su hermana, sino en casa de Nichole. Y la promesa de intimidad quedaba implícita.

De todos los hombres a los que había invitado a entrar en su casa, Conner era el más peligroso. Desde luego no era uno de esos tipos desenfadados que solo querían pasar un buen rato. Pero no podía culparle por ello. Al fin y al cabo, ella también quería algo más.

Le hubiera gustado poder decir que se debía a la química que surgía de modo natural entre ellos, pero sabía que eso era para los chicos de usar y tirar. Lo que le hacía desear tener algo más con Conner era la hondura que había entrevisto en él. Sabía que había más en aquel hombre de lo que parecía a simple vista, y su subconsciente la empujaba a descubrirlo.

Lo invitó a pasar a su piso, de un tamaño respetable para tratarse de Nueva York, pero ni de lejos tan glamuroso ni tan grande como el de Jane. Dejó las llaves en la consola del pasillo y cerró la puerta.

–Bienvenido a mi casa –le dijo–. Ya he bebido bastante esta noche, así que te ofrezco un refresco o café.

–Café me parece perfecto.

–El salón está ahí –le dijo, señalando una puerta que partía del vestíbulo–. Ponte cómodo mientras lo hago. ¿Con leche, o con azúcar?

–Las dos cosas.

Entró a la cocina sin mirar atrás. Tenía que recuperar la perspectiva, recordarse que quería saber más de él, y no contarle hasta el último detalle de su propia vida. Pero sabía que, si hablarle de su pasado le ayudaba a relajarse y quizás a confiar en ella, estaba dispuesta a desnudar su alma.

Demonios… si hasta había llegado a plantearse en serio acceder a ser su amante por tener acceso a su historia. Y puede que hubiera sido más fácil acostarse con él que revelarle detalles de sí misma que prefería mantener ocultos.

Tenía una de esas cafeteras monodosis de la que estaba perdidamente enamorada, dada su costumbre de hacer café a cualquier hora del día o de la noche y la posibilidad de cambiar de tipo de café sin tener que tirar toda una cafetera ya hecha. Willow le había dicho en una ocasión que su Keurig era su camello, y ella le había corroborado entre risas que, efectivamente, el café era la droga de su elección.

Lo sirvió en las dos tazas con el logo *I love NY* que compró cuando se fue a vivir a la ciudad para estudiar, las puso en una bandeja que había sido de su abuela, colocó los terrones y la jarrita de la leche, cucharillas y servilletas, y se dirigió al salón.

Esperaba encontrarse a Conner sentado en el sofá o en la *chaise longue*, pero se había quedado de pie viendo las fotos. Estaba delante de una en la que aparecían sus padres y ella el día de su graduación.

No dijo nada, pero estaba convencida de que estaba pensando en lo que le había contado antes en el coche.

–Viéndola así, resulta difícil imaginarse que tenga problemas.

–Ya lo creo –contestó él–. Parece feliz y orgullosa de ti. Los dos.

–Ya te he contado que soy hija única, así que siempre he sido todo su mundo.

–Eso está bien. Así puedo dejar de pensar en ti como la Pequeña Cerillera.

–Pues menos mal. No quiero que pienses en mí así. Anda, ven a tomar el café.

Dejó la bandeja en la mesita y se sentó en la *chaise-longue* para no verse obligada a sentarse a su lado. Conner la miró enarcando las cejas. La había pillado.

Añadió leche y azúcar a su taza mientras ella

limpiaba el café que se le había caído de la taza y había ido a parar a la bandeja.

—¿Es verdad? —le preguntó él, alzando la taza.

—¿Eh?

—Que te gusta Nueva York.

—Ah, sí. Mucho. Cuando llegué me atemorizaba, pero esa sensación duró poco. ¿Y a ti?

—No es que me guste especialmente. Más bien, la tolero.

Tomó un sorbo de café y cruzó las piernas, recostándose en el sofá.

Viéndole acomodarse allí, en su casa, Nichole supo que lo último que quería era que se fuera. Quería acurrucarse a su lado un rato y después hacerle el amor en su cama. Pero el único modo de conseguirlo era siendo capaz de lograr la historia que perseguía y a su hombre.

Pensó en la noche y la velada que habían compartido. No le había importado hablar de su pasado porque únicamente Jane, Palmer y Conner estaban presentes, pero, si pensaba en que alguno de ellos podía verter esa información en la red, la cosa cambiaba.

—Creo que comprendo lo que me dijiste sobre cómo me sentiría si todo el mundo pudiera enterarse de los detalles de mi vida personal.

—¿Ah, sí? Teniendo en cuenta tu pasado, es lógico que quieras mantenerlo en privado.

—A eso me refiero. Pero la mayoría de la gente que me conoce puede imaginarse que hay algo en mi pasado que me impide tener una relación que implique compromiso.

—¿Y eso es pertinente en este caso?

–Espera un momento, que estoy intentando resolver el problema que tenemos los dos. Si pudiera encontrar el modo de escribir tu historia sin hacerte preguntas directas sobre tu pasado, ¿te parecería bien?

Conner se inclinó hacia delante y apoyó los codos en las rodillas.

–Creía que la llave de oro se conseguía si yo te hablaba de mi pasado.

–Y así es. Pero he comprendido que no vas a hacerlo y, sinceramente, ya no sé si quiero escribir esa historia. Estoy pensando que casi sería mejor entrevistarte acerca del programa de televisión y luego limitarme a observar cómo interactúas con tu familia. No les haré ninguna pregunta, y cualquier cosa que puedan decirme será confidencial, pero con mis observaciones personales podría resultar un artículo interesante.

Conner se levantó y se acercó a ella.

–Vamos a ver si me aclaro. ¿Quieres observar cómo me comporto con mi familia, pero solo me harás preguntas respecto al programa?

–Sí –respondió ella, alzando la cara para mirarlo a los ojos.

–¿A cambio de ser mi amante?

Capítulo Ocho

Conner se mostraba reticente a aceptar lo que fuera que Nichole le propusiera, pero llegados a aquel punto, se había convertido en una obsesión tal para él que no tenía más remedio que encontrar el modo de tenerla. Sabía que nada más le satisfaría.

Su apartamento revelaba que era una persona con profundas raíces y conexiones con las personas importantes de su vida. Todas las fotos eran auténticas. Nada de sonrisas forzadas o emociones fingidas. Quería confiar en ella, pero el deseo que le inspiraba se lo ponía muy difícil.

¿Le estaría dando acceso libre porque quería tenerla en su cama, o estaría reconociendo los signos de una mujer en la que podría confiar de verdad? No sabía qué pensar, y tenía miedo de equivocarse.

Se volvió para mirarla, y la encontró mordiéndose el labio inferior y contemplándolo pensativa. Debería olvidarse de su exigencia de la relación de amantes, pero no podía. Quería que fuese completamente suya, y solo siendo su amante podría tener la libertad para que todos sus encuentros fueran sexuales.

Para él, el sexo era el único modo posible de relacionarse con ella, de que pudieran tener una relación manejable, porque de otro modo, la tentación sería... diablos, ya se sentía tentado por todo lo suyo. Y no quería permitir que llegase a significar demasiado para él.

–Aún no has contestado a mi pregunta.

Nichole negó con la cabeza, y su hermoso cabello rojo le rozó los hombros. Un mechón se deslizó cubriéndole un ojo, y lo apartó para sujetárselo tras la oreja.

–Lo haré, pero solo si me permites recoger mis propias observaciones sobre tu familia y vuestra dinámica. Creo que eso añadiría un toque personal, y es lo que mis lectores esperan.

Se volvió a mirar de nuevo las fotos que colgaban de la pared. Si le daba permiso para observar a su familia, todos quedarían expuestos y vulnerables, y no podía aceptarlo. ¿Cómo permitir tal cosa?

–¿De qué modo ibas a observar a mi familia? ¿Estando yo presente?

–Sí, cuando acudiéramos a actos sociales en los que ellos también estuvieran presentes. Eventos a los que pudieras llevar a tu...

–Amante –concluyó él–. Si no puedes pronunciar la palabra, ¿cómo vas a acceder a ello?

–Iba a decir «novia». Los dos podemos fingir que significa amante.

–No hagas eso, Nichole. Debes tener presente que lo que va a haber entre nosotros es temporal. Tiene fecha de caducidad.

Ella volvió a morderse el labio inferior.

–Te lo vas a despellejar –le advirtió Conner.

–Tienes razón. ¿Por qué importa lo que yo pueda pensar de nuestro acuerdo?

–Porque, a pesar de lo que puedas pensar de mí, lo último que deseo es que sufras.

–Entonces, ya somos dos.

–Bien.

–¿Lo harás?

Podría controlar el número de ocasiones en que Nichole iba a tener acceso a su familia. No sabía con seguridad si eso le bastaría, pero al final sabía que iba a tener que ceder.

La controlaría a ella y el efecto que su intromisión podía tener en su vida. Era lo que llevaba años haciendo con los medios, en concreto desde los diecisiete años, así que no debía inquietarse en exceso.

–Sí.

–Vale… ¿y ahora, qué?

Conner se echó a reír.

–Bueno, pues tendremos que sellar nuestro acuerdo.

–¿Por escrito?

–No creo. Un documento así podría terminar en las manos equivocadas. ¿Qué tal con un beso?

–Un beso… ¿solo un beso? –quiso saber ella, levantándose para acercarse–. Un beso nunca es suficiente.

–Pues no. Digamos entonces que un beso, y lo que venga después.

Ella volvió a morderse el labio al verle abrir los brazos, y no se movió, lo que a Conner le hizo pensar si no se estaría echando atrás.

–¿Te arrugas?

–Me arrugo y me encojo. Todo gira en torno a ti y esa historia. Quiero conseguir ambas cosas, pero una parte de mí está convencida de que lo voy a lamentar.

Fue Conner quien dio el último paso para abrazarla. Fue un gesto delicado, que intentaba transmitir tranquilidad, pero en el fondo él tampoco tenía ni idea de adónde iba a conducirles todo aquello. Confiaba en que haciéndola su amante, podría controlar la influencia que iba a ejercer en su vida y asegurarse de que sus sentimientos no resultaban comprometidos. Pero se trataba de Nichole, y nada había salido según lo previsto desde que se había presentado en la fiesta de su familia sin haber sido invitada.

–Haré cuanto pueda por asegurarme de que no tengas nada que lamentar –le dijo.

Ella echó hacia atrás la cabeza y lo miró con sus hermosos ojos.

–Esa es la peor parte. Sé que tu intención no es herirme, lo mismo que la mía tampoco es hacerte daño, pero no estoy segura de que por mucho que intentemos convertir esto en un acuerdo de negocios, lo vayamos a conseguir.

–Los dos tendremos que esforzarnos al máximo –dijo Conner, e inclinándose sobre ella, tomó el beso que llevaba deseando toda la noche.

Nichole se alegró de poder dejar de pensar y limitarse a disfrutar del abrazo de Conner. Aquella noche no había salido exactamente como ella lo había planeado, pero sí que había conseguido lo que se había propuesto. ¿Por qué entonces no se sentía más feliz?

Estaba en brazos de Conner, disfrutando de la pasión de su beso, y sin embargo su mente no era capaz de relajarse y disfrutar.

–Noto que sigues pensando –le dijo él–. No sé si tomarme como un insulto que mi beso no haya podido distraerte.

–No deberías. Es solo que… ay, no lo sé. Esto es una locura. Me he pasado toda la vida construyendo mi carrera e intentando siempre hallar la verdad, y ahora acabo de acceder a hacer algo que me parece rastrero.

–No hay nada de rastrero en ello. Es inevitable que tú y yo acabemos juntos. No sé qué piensas tú, pero yo no experimento esta clase de química con todas las mujeres.

Eso era cierto y tenía que admitirlo.

–Precisamente eso forma parte de la razón por la que tengo tantas reticencias. Dijiste que si lo convertíamos en un acuerdo de negocios podríamos mitigar la posibilidad de que acabemos haciéndonos daño, pero no sé…

–No puedes preocuparte por el final cuando ni siquiera hemos empezado.

No había dejado de abrazarla, y sus palabras estaban disolviendo sus temores. Echó la cabeza atrás y él volvió a besarla, pero aquella vez, cuando sus bocas se encontraron, sintió que sus temores se desvanecían.

Rodeó sus hombros con los brazos y él deslizó las manos a sus caderas para acercarla. Estaban pecho con pecho, cadera con cadera, pero ella deseaba que estuvieran aún más cerca.

Su lengua la invadió y ella la succionó antes de

desabrochar los botones de su camisa. Primero le aflojó la corbata y a continuación desabrochó los primeros botones para colarse debajo con las manos. Tenía un vello suave cubriéndole el pecho, y sintió su caricia en las palmas de las manos.

Él la empujaba por las nalgas para acercarla más a su vientre y sintió que su erección crecía y que se pegaba a su pubis. Gimió.

Abandonó sus labios y sintió que le besaba el cuello, descendiendo hasta el punto en el que latía su pulso.

Le sacó la camisa de dentro de los pantalones y abrazó su torso desnudo. Ojalá ella también tuviera el pecho desnudo para poder sentirle. Fue dibujando con las manos la línea de su espalda hasta que su boca volvió.

Dejó que la controlara. Como si hubiera podido tener otra reacción distinta… era un hombre dominante, y eso se manifestaba en su abrazo. Le mordió el labio y a continuación se lo acarició con la lengua. Ella temblaba de pasión. Las sensaciones partían de sus labios, llegaban a sus pezones y seguían camino abajo hasta la humedad de entre sus piernas.

–Te deseo –le susurró al oído.

–Yo también te deseo.

La tomó en brazos y la llevó al sofá, donde se sentó colocándola de lado en su regazo, y la besó una vez más.

Tiró con determinación de su blusa para sacarla y dejar al aire su cintura. Sentía sus manos calientes sobre la piel, y cambió un poco de postura para reclinarse sobre sus piernas, como si fuera una especie de ofrenda sexual, pero él la hizo recostarse en el sofá para acomodarse a horcajadas sobre sus caderas.

Los delanteros de la camisa colgaban libremente y Nichole acarició sus pectorales antes de recorrer la línea que descendía hasta su estómago para desaparecer debajo de los pantalones.

Conner gimió su nombre de un modo que hizo que pareciera puro éxtasis, a lo que su cuerpo respondió con un hondo temblor. Abrió las piernas y asiéndolo por las caderas, lo hizo descender hacia ella. Pero él se resistió.

—Todavía no. Me queda mucho por explorar de ti.

Ella no quería que aquella primera vez durase una eternidad. Quería que continuase saturando sus sentidos hasta alcanzar el clímax.

—No quiero esperar.

—Pues es una lástima, porque eres mi amante y tendrás que hacer lo que yo diga.

E inclinándose hacia delante, mordió con suavidad la carne por encima de su seno. Nichole miró hacia abajo y vio que le había quedado una pequeña marca.

—No quiero que olvides que eres mía.

—Eso no va a ocurrir —contestó, e iba a desabrocharle el cinturón cuando él la detuvo agarrándola por las muñecas y sujetándole los brazos por encima de la cabeza.

—Aún no —dijo, y le levantó la blusa hasta dejar al descubierto los pechos cubiertos por un sujetador de color carne. Era más práctico que sexy, pero viendo cómo la miraba Conner supo que no necesitaba encajes para excitarse con ella.

Tenía los pezones duros, pugnando por salir de su encierro, y él apretó uno entre los dedos mientras se llevaba el otro a la boca por encima del tejido. Sintió que se tensaba por dentro y empujó con las caderas hacia arriba, desesperada por alcanzar las de él, mientras Conner seguía succionándole el pezón.

Tiró de los brazos intentando liberarse, pero él la sostenía con firmeza pero sin hacerle daño. Había una especie de decadencia en el modo en que la sujetaba, en que la acariciaba. Temblaba al borde de un orgasmo, y ni siquiera estaba segura de lo que quería a aquellas alturas.

Una cosa que seguro deseaba era sentir su erección entre las piernas, pero sabía que él no iba a bajar las caderas hasta que no estuviera preparado.

–Conner…

–¿Umm?

–Voy a tener un orgasmo.

–No hasta que yo te lo diga.

–No puedo esperar –gimió, alzando las caderas. Él volvió a aplicarse a sus pechos y le soltó las manos al tiempo que la presionaba contra el sofá. Aun estando vestidos, la punta de su pene le rozó el clítoris y el orgasmo la sacudió de la cabeza a los pies.

No era la intención de Conner que el beso hubiera llegado tan lejos, pero llevaba tanto tiempo esperándola que le había costado un triunfo no bajarse los pantalones y perderse en su cuerpo des-

100

de el principio. Sujetarla mientras le llegaba el orgasmo había sido una espada de doble filo que había espoleado su deseo.

Pero no había ido a su casa preparado para hacerle el amor, y no estaba dispuesto a correr el riesgo de que pudiera quedarse embarazada accidentalmente. No pensaba con claridad cuando sintió sus manos en la entrepierna intentando bajarle la cremallera. Le había desabrochado el cinturón y, en un abrir y cerrar de ojos, sintió que tenía su erección en la mano.

Deslizó los dedos por la punta y sus caderas se lanzaron inmediatamente hacia delante, con una gota de humedad asomando, que ella recogió con un dedo y se llevó a los labios para lamerla.

Con la otra mano, apartó los pantalones y los calzoncillos y sintió que tomaba su pene con las dos manos mientras, incorporándose, le devoraba la boca.

Él se inclinó hacia delante y, metiendo la mano por debajo de su espalda, le desabrochó el sujetador para contemplar sus pechos, salpicados de pecas. Fue besándolas una a una, antes de llegar despacio a sus pezones de color fresa.

Los lamió mientras ella seguía acariciando su erección. La deseaba, y no podía pensar en otra cosa que no fuera entrar en su cuerpo.

Fue bajando una mano hasta llegar a la cremallera de su falda. La desabrochó y ella se movió para que pudiera quitársela. Aquella mujer era tan suave, tan femenina..., y al mirar aquellos ojos dorados sintió que algo más cambiaba dentro de él. Era la única mujer que le había hecho reaccionar así. Con tanta fuerza. Y no sabía si hacerle el amor iba a ser la mejor de las decisiones al final.

Pero su cuerpo no iba a permitirle dar marcha atrás a aquellas alturas. Estuviera bien o mal, la deseaba, y no iba a ser capaz de volver a respirar hasta que se hundiera en su cuerpo de dulces curvas, sintiendo como ella lo envolvía con sus largas piernas.

También estaba convencido de que no quería apresurar aquella primera vez, así que se levantó, se quitó los zapatos, los pantalones y los calzoncillos, y antes de agacharse para tomarla en brazos, preguntó:

–¿Dónde está el dormitorio?

–Al otro lado del vestíbulo –dijo Nichole, señalando a la izquierda.

La levantó sin dificultad y ella le señaló por dónde ir.

–Ahí –dijo.

Dio la luz al tiempo que entraban, dos lamparitas de suave resplandor que había en las mesillas. La cama era de matrimonio, con un edredón de color verdemar. La dejó de pie y sin prisa acabó de desnudarla.

–¿Tienes un preservativo? –le preguntó.

–Sí.

–Gracias a Dios.

Una vez la hubo desnudado, la subió a la cama y la recostó sobre las almohadas. El color del edredón era el telón de fondo perfecto para su cabello rojo y su piel clara. Tenía las piernas dobladas, pero pudo ver el vello rojo que cubría sus partes íntimas. Se quitó la camisa e hizo una pausa para contemplarla antes de agarrarla por los tobillos para abrirle las piernas. Nichole se mordió el labio.

—Ya no puedes estar nerviosa —le dijo, acariciando su piel de terciopelo. Se detuvo en las rodillas, y vio que el vello se le erizaba cuando comenzó a ascender.

—No lo estoy —contestó ella—. Solo que esperaba que fueras más rápido.

—No me gusta precipitar las cosas, ni siquiera el placer.

Se puso el preservativo y subió a la cama para colocarse entre sus piernas, y apoyando una mano a cada lado de ella, se inclinó para acariciarle el cuello y después los senos, primero con los labios y luego con la lengua.

Ella hundió las manos en su pelo, agarrándose a él mientras le lamía primero un pezón y luego el otro, y sentía que deslizaba la mano entre sus pechos para llegar a su ombligo. Trazó un círculo a su alrededor y vio que su rubor se hacía más intenso.

Estaba en el filo de la navaja, y sabía que por mucho que quisiera prolongar el momento, estaba luchando contra su propio instinto. Su deseo era tan ardiente que resultaba difícil de contener.

Era el hecho de querer saborear cada centímetro de su cuerpo lo que le estaba permitiendo ejercer un módico control, y encogiéndose sobre sí mismo, trazó el círculo alrededor de su ombligo con la lengua.

Ella levantó las caderas y volvió a agarrarse a su pelo.

–Te necesito –dijo con voz ronca.

Conner sintió un estremecimiento y, apoyando los brazos sobre el colchón, se colocó de nuevo sobre ella y hundiendo las manos en su roja cabellera, la besó en la boca al mismo tiempo que adelantaba despacio las caderas.

Entró en ella despacio, centímetro a centímetro, tan poco a poco como le fue posible. Al final su fuerza de voluntad se vio desbordada por las exigencias de su cuerpo y la penetró completamente. Estaba metido dentro de su cuerpo y aún no tenía bastante. Necesitaba más. Comenzó a moverse con más fuerza, más hondo, animado por sus gritos pidiendo más.

Nichole le rodeó las caderas con las piernas y sus uñas se le hundieron en los hombros mientras la oía pronunciar su nombre. Su propio aullido la acompañó un momento después.

Siguió moviéndose, derramándose dentro de ella, hasta caer agotado sobre su pecho. El sudor cubría sus cuerpos y notó que ella le daba suaves besos en el hombro. Abrazándola para mantener unidos sus cuerpos, se colocó a su lado.

Dejó los ojos cerrados. Sabía que se estaba escondiendo, pero en aquel momento no quería verle la cara, ni hablar con ella. Necesitaba silencio para fingir que no había cambiado nada entre ellos cuando sabía que absolutamente todo había cambiado.

Capítulo Nueve

Nichole durmió inquieta, y quiso achacarlo al hecho de no estar acostumbrada a compartir la cama con nadie. Pero lo que de verdad le pesaba en la conciencia era el hecho de que había accedido a ser la amante de Conner por un acuerdo. En sus sueños veía a su jefe, que averiguaba cómo había conseguido la historia de Conner, y la despedía.

Por fin se levantó a las seis, justo antes de que sonara el despertador. Conner parecía dormido. Entró sin hacer ruido en el baño. No quería tener que enfrentarse a él aquella mañana. Sabía que no debía marcharse sin despertarlo, pero en el fondo era lo que deseaba.

En parte tenía miedo de lo que fuera a decirle, de lo que ella le diría… lo ocurrido la noche anterior había sido más intenso de lo que se esperaba, pero lo cierto era que con Conner nada salía nunca de acuerdo con el plan.

Cerró con cuidado la puerta de su pequeño cuarto de baño y abrió el grifo para que saliera el agua caliente. Mientras, se miró al espejo. Era la de siempre.

Quizás le estaba dando demasiadas vueltas a todo aquello. No había nada despreciable en acostarse con él. Otras veces había tenido aventuras de una sola noche, y siempre que ambos estuvieran en la misma onda, nadie resultaría herido. Entonces, ¿por qué le estaba molestando tanto aquello?

El vapor del agua comenzó a llenar el cuarto, apartó la cortina y entró. Había empezado a lavarse cuando oyó que se abría la puerta.

–Buenos días, Nichole –la saludó Conner con la voz enronquecida del sueño, y ella se quedó petrificada, con la esponja en una mano y el bote del gel en la otra.

Qué absurdo. Sabía que estaba ahí, y se imaginaría que desnuda. ¿Por qué demonios estaba siendo tan idiota?

–Hola –lo saludó–. No quería despertarte. Es que tengo una reunión temprano.

–No hay problema. En condiciones normales te dejaría tranquila aquí dentro, pero es que solo hay un baño y yo también tengo una reunión a primera hora, así que tengo que asearme.

–No pasa nada.

Demonios… se había ido al baño para esconderse de él y ahora lo tenía ahí. Pero al menos no tendría que mirarle a la cara. Todavía.

–¿Cómo tienes el día? –le preguntó él.

–Normal. ¿Tienes idea de lo que hace un periodista en un día normal?

–¿Meterse en la vida de los demás y causarles problemas?

Su tono sonaba divertido, y apartó un poco la cortina de la ducha para mirarle. Estaba inclinado sobre el lavabo lavándose la cara, desnudo. Qué cuerpo tan estupendo, aun con las marcas del bronceado en las piernas y los brazos.

Al ver que se incorporaba cerró la cortina para que no la pillara contemplándolo.

–¡Ja! Pues no, no es eso lo que hago. La mayor parte del tiempo me lo paso investigando y llamando a gente para intentar que los más recalcitrantes se decidan a hablar conmigo.

–Y si eso no funciona, te cuelas en sus fiestas.

Ella negó con la cabeza. Sus bromas estaban consiguiendo que se relajara. Le preocupaba lo que había entre ellos, pero Conner la estaba tratando exactamente igual que antes.

–Eso lo he hecho solo en tu caso.

Acabó de lavarse el cuerpo, y aunque era un día impar del mes y no solía lavarse el pelo esos días, lo hizo.

–Cuánto honor. ¿Te importaría que me metiera contigo en la ducha?

Nichole dudó. Se había estado escondiendo tras la cortina para no tener que mirarlo a la cara, pero ahora ya no sentía esa necesidad.

–En absoluto. Ya estoy terminando.

–Bien. Será un momento.

Apartó la cortina y entró. Ella no pudo contenerse y lo tocó, a lo que él contestó con una sonrisa.

–No puedo hacer el amor esta mañana –dijo sin más.

–No pasa nada.

Le entregó la esponja y el gel, e intercambiaron sus sitios.

–Te dejo el sitio.

–¿Estás nerviosa?

–Claro que no –contestó ella, pero sabía que se

estaba comportando como una tonta. No dejaba que la gente la afectara de ese modo, pero Conner lo estaba consiguiendo–. Es que no quiero tentarte cuando sé que no hay tiempo para ello.

–Tú siempre eres una tentación para mí –dijo, y se acercó a ella, apoyando las manos en la pared del fondo para besarla.

Nichole cerró los ojos y echó hacia atrás la cabeza. Su boca le resultaba calmante y excitante al mismo tiempo. La mayoría de sus dudas se fueron por el desagüe y de pronto se alegró enormemente de que Conner estuviera allí aquella mañana.

Adelantó las caderas y sintió su erección en el estómago, seguido del movimiento de sus manos para cubrirle los pechos.

Ella también deslizó las manos por su cuerpo mojado, y alcanzando su pene lo acarició en toda su esplendorosa longitud. Conner siguió besándola y la alzó por la cintura para hacerle apoyar la espalda en la pared. Ella le rodeó los hombros con los brazos y la cintura con las piernas.

–Creía que no tenías tiempo –dijo Conner.

–No seas presumido –replicó ella.

Se acomodó en sus brazos hasta que lo sintió colocado y, lentamente, fue dejándole entrar en ella, alzando las caderas. Él la besó apasionadamente, excitándola, con los pezones rozándose con su pecho.

Se movió con fuerza dentro de ella hasta que sintió que llegaba el orgasmo, y mientras apoyaba la cabeza en su hombro, sintió que él se deshacía dentro de su cuerpo.

Lentamente bajó una pierna. La pasión que

con tanta facilidad explotaba entre ellos la dejaba aturdida. Conner salió de su cuerpo y la besó con ternura en la frente antes de lavarla para luego lavarse él mismo.

Nichole abrió la cortina de la ducha y tiró de la toalla, se secó rápidamente y salió del baño al dormitorio.

Ya no podía fingir que lo de la noche anterior no lo había cambiado todo.

Conner sabía que ella trataba de ocultarse de él en el baño. La había sentido dar vueltas y más vueltas en la cama a su lado. Ninguno de los dos había conseguido descansar. En su caso, por la preocupación de haber accedido a que escribiera sobre él y su familia.

Pero no había cosechado el éxito profesional en los negocios dando marcha atrás una vez tomada una decisión. Seguiría adelante y mantendría el control.

Y de eso precisamente se trataba lo de aquella mañana; se aseguraría de que no tenía mucho tiempo para pensar en la historia que quería escribir. Estaba decidido a asegurarse de que seguía concentrada en él como amante, y no como el sujeto de una entrevista.

Cerró el agua de la ducha y se dio cuenta de que olía a algo dulce. En la mano tenía aún el frasco que le había dado y gimió al leer la etiqueta: *Birthday cake*. Demonios… no quería pasarse todo el día oliendo a «tarta de cumpleaños».

Salió de la ducha y buscó una toalla limpia en el

armario, se secó con ella y se la colocó alrededor de las caderas. Necesitaba afeitarse, y no tenía ni desodorante, ni ropa limpia, pero no pasaba nada. Ya le había mandado un mensaje a Randall pidiéndole que recogiera todas esas cosas y se las llevara.

El teléfono sonó, y dudó un instante antes de salir al dormitorio. Se oyó el sonido de la voz de Nichole.

Cuando entró al dormitorio, la vio con un teléfono inalámbrico sujeto entre la oreja y el hombro, delante del armario ropero.

–Sí, mamá, estoy bien. Siento no haberte llamado anoche.

Nichole volvió a escuchar mientras sacaba un vestido ajustado de color zafiro del armario. Lo colgó de un perchero y se dio la vuelta, pero se quedó paralizada cuando lo vio allí.

–No, no he salido con nadie. Jane Macafee me había invitado a cenar.

Sonrió ante algo que le dijo su madre.

–Es tan encantadora en persona como en el programa –dijo–. Tengo que irme ya, mamá. Te llamaré al mediodía.

Volvió a escuchar.

–Yo también te quiero.

Colgó y lanzó el teléfono a la cama. A Conner le pareció que su madre y ella tenían muy buena relación. ¿Y cómo era posible, teniendo en cuenta lo que sabía de su pasado?

–Mi madre me llama si no hablamos todos los días. Aunque llevo viviendo aquí más de diez años, sigue temiendo que me ocurra algo malo.

–Mi madre es igual. Finge que me llama por algún asunto de negocios o cualquier otra cosa, pero al final consigue hablar conmigo todos los días.

De la cómoda sacó unas braguitas y un sujetador a juego, aquella vez de color crema con encaje en la parte de arriba. Conner sabía que también él debería estarse vistiendo, pero le gustaba la intimidad de estar viéndola vestirse.

–¿Vas a seguir mirándome? –quiso saber ella.

–Es que no puedo evitarlo. Eres preciosa.

–Me alegro de que lo creáis así –contestó, haciéndole una reverencia.

Era divertida, de inteligencia rápida, y cada minuto que pasaba con ella le hacía desearla más.

Y eso la volvía peligrosa.

¿Quién iba a decir que aquella mujer iba a ser capaz de poner su mundo patas arriba como lo había hecho? Estaba acostumbrado a tratar con mujeres guapas y poderosas, pero Nichole era distinta.

Vio que se vestía deprisa y decidió empezar a hacer lo mismo. Luego la vio sentarse ante el tocador, y se dio cuenta de que lo observaba a través del espejo, pero enseguida tomó una brocha de maquillaje y apartó la mirada. Estaba claro que era una mujer complicada, y que por mucho que hubiera disfrutado el sexo con él, seguro que en su pecho había emociones de otra naturaleza aquella mañana.

–¿Estás bien? –le preguntó, aunque la frase le pareciera un poco tonta–. Está claro que yo no valgo para periodista. Hago las preguntas más tontas.

Ella sonrió.

–Eso está claro. Y estoy bien. Un poco cansada.

–Suena a excusa –contestó él, abrochándose la camisa–. ¿Lamentas lo que hemos hecho?

–En absoluto. Desde el momento mismo en que hablamos, en la fiesta del Cuatro de Julio, no he podido pensar en otra cosa que no fuera en tenerte en mi cama.

–A mí me ha pasado lo mismo, pero eso no significa que esta mañana tengas que sentirte diferente. Cuando empezaba en el mundo de los negocios, me puse un montón de objetivos y pensé que una vez tuviera todo ese dinero, me sentiría seguro. Pero la verdad es que el dinero no ha marcado la diferencia.

Ella se volvió a mirarlo.

–¿Y qué es lo que supone una diferencia?

–La sensación de confiar en mí mismo. He tenido que confiar en que iba a seguir tomando las decisiones correctas, y que no tenía que detenerme tras haber cerrado un buen acuerdo para asegurar el futuro.

Nichole asintió.

Le había dicho algo personal sin pretenderlo. Demonios… tendría que mantener la guardia alta. Y ni siquiera había sido culpa suya. Tendría que andarse con ojo.

De pronto se dio cuenta de que lo que pasaba era que aquella mujer le importaba, y no solo del modo general que creía al principio, sino que le importaba de un modo personal. Su felicidad era importante para él.

–Gracias por compartir eso.

–De nada.

Acabó de vestirse de una vez. Era él quien se sentía incómodo en aquel momento, y eso no era lo habitual. El móvil sonó, y al mirar la pantalla vio que era Randall quien le había mandado un mensaje para decirle que ya estaba esperándole en la puerta.

–Me marcho. ¿Estás libre para comer o para tomar una copa esta noche?

–La comida me iría mejor. Tengo que pasarme por el plató de *Sexy and Single*.

–Entonces, nos vemos para comer. ¿Te va bien el Big Apple Kiwi Klub, a las doce?

Nichole asintió.

Él se acercó, la hizo levantarse, y abrazándola la besó suavemente.

–Que tengas un buen día, pelirroja.

Y salió del dormitorio, pero sabiendo que lo que no podría dejar atrás eran las nuevas emociones que le brotaban de dentro.

La mañana se le pasó volando a Nichole. Su reunión editorial resultó larga y aburrida, como siempre, y estuvo dándole vueltas a la noche que había pasado con Conner. Un par de compañeros comentaron que parecía distraída, y ella les dijo que estaba trabajando en una historia nueva y que eso era cuanto tenía cabida en su cabeza en aquel momento.

Pero en el fondo sabía que Conner era algo más que una distracción. De hecho, siempre había estado centrada al cien por cien en su trabajo, y aquella mañana le estaba siendo imposible. No dejaba de recordar la sensación de tenerlo dentro de su cuerpo en la ducha. Ojalá aquella noche consiguiera dormir mejor, pero lo dudaba.

Ahora era su amante. En realidad no sabía exactamente lo que comportaba aquella definición, pero por lo menos estaba segura de que Conner iba a estar mucho más presente en su vida. Y más le valía centrarse en la historia que quería escribir, o terminaría malgastando el tiempo que pasara con él.

Pero en parte también deseaba regodearse en aquella relación incipiente, y eso la asustaba, sobre todo porque Conner le había dejado bien claro que pasaría a otra cosa cuando el mes que habían fijado en su acuerdo tocara a su fin.

Miró su teléfono y se dio cuenta de que tenía quince minutos para atravesar la ciudad y encontrarse con Conner para comer. Justo cuando iba a salir de la oficina, sonó su teléfono. Era Gail.

–Hola, guapa –saludó, obligándose a sonar contenta, aunque estaba sumida en el dilema moral más grande de toda su vida.

–Hola. ¿Comes con alguien hoy? Podíamos vernos y hablar.

–No puedo. ¿Por qué quieres hablar conmigo?

–Es que me pareció que estabas un poco… «perdida» no es la palabra, así que no te enfades, pero no sé… inquieta quizás, por lo de Conner Macafee.

–Es que estoy perdida –admitió–. Pero solo porque no es como los demás hombres a los que he conocido y no sé exactamente cómo manejarlo. Me vendría bien algún consejo.

–Me lo imaginaba. Esta noche estoy ocupada, pero si quieres podemos desayunar o comer juntas mañana.

–Desayunar, quizás. Tengo que pasarme por el plató mañana, así que, si quieres, podemos liar también a Willow.

–Yo me ocupo. Luego te mando un mensaje con los detalles. Un beso.

–Gail...

–¿Sí?

–Gracias por llamar –le dijo. No le hacía demasiada gracia recurrir a sus amigas por un caso como aquel porque no quería que pensaran que era una mojigata, pero necesitaba hablar con alguien.

–No hay problema. Willow y tú sois mis almas gemelas, y tenemos que cuidar las unas de las otras.

–Lo sé, pero es difícil estando todas tan ocupadas.

–Yo nunca estoy demasiado ocupada para ti. Cuídate, cielo.

–Tú también.

Nichole se sintió menos sola al colgar el teléfono. Salió de la oficina y paró un taxi. El tráfico era intenso y envió un mensaje a Conner para decirle que iba a llegar diez minutos tarde. Él le contestó de inmediato:

Yo también llego tarde.
Pediré una mesa si llego antes que tú.
Tengo hecha la reserva. Hasta ahora.

Nichole no supo si debía responder. Gail y Willow siempre le tomaban el pelo diciendo que cuando chateaban siempre tenía que decir la última palabra. Y tenían razón. Al final escribió *OK*, y guardó el teléfono.

El taxi se detuvo ante el edificio del Big Apple Kiwi Klub, hotel y club nocturno en un solo edificio. Contaba con un restaurante merecedor de una estrella Michelin y mostraba una exposición itinerante de Gustav Klimt. Los Kiwi Klubs eran una cadena de ámbito internacional propiedad del novio de Gail, Russell Holloway.

Bajó del taxi y subió al restaurante, que ocupaba el tercer piso. Dio el nombre de Conner al maître y apenas acababan de tener lista su mesa cuando Conner llegó. Con una mano en su espalda, la condujo a la mesa.

Nadie que los mirase dudaría de que eran pareja, por lo que Nichole pensó que debía tener una charla con su editor y contarle que estaba saliendo con Conner, antes de que la historia le llegase por otro conducto y pudiera sospechar que estaba ocurriendo algo inadecuado.

Otra complicación más. Sabía que se jugaba mucho, y que había apostado todo a una historia que podía darle a su carrera el empujón necesario para ascender al siguiente nivel.

Una vez estuvieron acomodados, se dio cuenta de que Conner había encontrado el tiempo necesario para afeitarse y cambiarse de ropa después de salir de su apartamento aquella mañana.

Pidió agua con gas para ambos y le dijo al camarero que lo avisarían cuando estuvieran listos para pedir.

–Necesitamos unos minutos.

–No hay problema, señor –contestó el camarero, y se retiró.

–Espero que no te importe, pero quería hablar contigo antes de pedir la comida.

–Claro que no. ¿Qué ocurre?

–Quería darte la oportunidad de cancelar nuestro acuerdo.

–¿Por qué ahora?

–Me da la impresión de que te pesa demasiado, y no quiero que te sientas obligada a seguir adelante si no es eso lo que quieres.

–¿Seguirías dispuesto a concederme una entrevista?

Él negó con la cabeza, y a ella le molestó que quisiera renegociar su acuerdo ahora que ya se había acostado con él.

–Yo no voy a faltar a mi palabra, Conner. ¿Y tú?

Capítulo Diez

Conner se dio cuenta de inmediato del error que había cometido, pero lo cierto era que quería darle la oportunidad de abandonar el acuerdo.

–No pretendía que fuera como tú te lo has tomado.

–¿Y qué pretendías entonces?

–Pues solo decirte que me doy cuenta de lo mucho que te pesa nuestro acuerdo… y darte la posibilidad de dar marcha atrás.

–Te lo agradezco, pero solo lo haría si tú estuvieras dispuesto a seguir una relación conmigo y a permitirme hablar contigo sobre Matchmakers Inc.

–Entiendo. Entonces, olvidémonos de mi pregunta. ¿Pedimos la comida y cerramos los detalles de nuestro acuerdo?

Ella asintió, pero había una tensión en sus rasgos que le confirmó que no lo había perdonado. Lo cierto era que no podía haber elegido peor las palabras. Además, se había olvidado de algo extremadamente importante: habían pasado juntos la noche y, sin duda, se sentiría un tanto vulnerable frente a él.

Ambos pidieron su comida y, cuando volvieron a estar solos, Nichole sacó un cuaderno de su bolso y una pluma.

–Me gustaría programar un par de entrevistas.

–Entiendo. Creo que, tanto por tu bien como por el mío, deberíamos redactar un borrador.

–¿Qué tipo de borrador?

–Uno en el que pongamos lo que tú esperas de mí y lo que yo espero de ti.

Nichole escribió los nombres de los dos en una página en blanco y trazó una línea vertical dividiéndola. Bajo su nombre escribió la palabra «*amante*», y debajo del de él, «*entrevistas*».

–Esto es solo el principio –dijo–. Anoche acordamos que me concederías una entrevista sobre el servicio de búsqueda de pareja y que me permitirías verte interactuar con tu familia.

–Así es.

Añadió ambos conceptos a la columna con su nombre.

–«Amante» es un término muy vago –dijo Conner–. Me gustaría que vivieras conmigo en mi casa el tiempo que dure el contrato.

–No sé qué contestarte. ¿Me permites que hable antes con mi jefe? Voy a decirle que te he entrevistado y que estamos saliendo. Quiero que se entere de que tenemos una relación y que no le parezca mal.

–De acuerdo –contestó él–. Una vez solventado ese asunto, creo que deberías trasladarte a mi piso esta tarde.

–¿Tan pronto?

–Es un poco tarde para pensar en eso. Eres mía, pelirroja, y te quiero bajo mi mismo techo.

El modo en que la reclamaba como suya le hizo estremecerse, pero se advirtió que no debía permitir que se le subiera a la cabeza. Tenía que permanecer centrada en la entrevista, mantenerse tan fría como le fuera posible, y no dejar que cuanto hiciera o dijera le afectara de ese modo.

–Me parece bien. ¿Mañana vas a tener tiempo para que empecemos con la entrevista?

Sacó el iPhone y dijo tras unos minutos:

–Puedo dedicarte media hora mañana.

–No es tiempo suficiente, pero para empezar puede valer. ¿Cuándo?

–A las diez y media.

Anotó eso en su columna.

–Me gustaría hacer parte de la entrevista en las oficinas de Matchmakers Inc. ¿Tienes despacho allí?

–No. No tomo parte en la operativa diaria de la empresa.

–¿Alguna vez pasas por sus oficinas?

–De tarde en tarde, cuando hay reunión del consejo de administración. Podemos utilizar la sala de juntas de Macafee International si no te sientes cómoda en mi despacho. ¿Tienes miedo de que se repita lo que ocurrió la última vez?

–No, a menos que lo tengas tú –contestó ella, inclinándose hacia delante para tomar su mano.

–Yo no tengo miedo de que vaya a ocurrir, sino que cuento con ello.

Nichole estuvo a punto de sonreír, pero aquello era un exceso de confianza. Además, no tenía por qué reaccionar a cuanto dijera y que él supiera que estaba bajo su hechizo.

Mierda… no lo había pensado así antes, pero esa era ni más ni menos la verdad: estaba hechizada. Ningún otro hombre la había hecho sentirse así. Y esa era la razón de que hubiera seguido buscando citas con hombres para un simple revolcón.

Pero en aquel momento, sentada frente a Conner y a sus ojos azules, supo que quería mucho más de él. Quería algo que incluso le daba miedo. Algo que nunca antes había experimentado.

Quería algo permanente y sólido, y sabía que no tenía ni idea de cómo conseguirlo

Conner había reservado la mesa en el restaurante justo antes de una reunión. Lo había hecho deliberadamente, no fuera a sentir la tentación de quedarse demasiado tiempo con Nichole, así que, cuando su teléfono sonó para recordarle que era hora de irse, pidió la cuenta.

–Mándame un mensaje tan pronto como hables con tu jefe para decirme si puedes o no venirte a mi casa. Para mí es imprescindible.

–Ya me lo has dicho. Te lo comunicaré en cuanto pueda.

–Tengo una reunión dentro de quince minutos –dijo él, tras entregarle la tarjeta de crédito al camarero–. Siento que no hayamos podido cerrar todos los detalles, pero yo creo que lo principal está claro.

–Yo también lo creo.

–Genial. Estaré esperando a que me llames.

–De acuerdo –contestó Nichole, cerrando el cuaderno para guardarlo en su bolso.

Conner firmó el recibo, se levantó y ambos salieron del comedor. Era consciente de que la mayoría de los hombres la miraban al salir. Era una de esas mujeres que hacían volver la cabeza a los hombres, y sintió una punzada de celos que le empujó a tomar su mano. Ella lo miró.

–¿Qué ocurre?

–Nada. Solo quiero que todos los hombres de este comedor sepan que estás conmigo.

–Vamos, que te ha faltado un pelo para plantarme un beso aquí mismo.

–Lo he pensado. El problema es que un beso nunca nos es suficiente a ti y a mí.

–Eres muy arrogante, ¿lo sabías?

–No soy arrogante, sino posesivo. Eres mía en virtud de nuestro acuerdo.

–Lo sé.

En cuanto salieron del restaurante la besó brevemente en los labios, pero enseguida se separó.

–Sabía que no ibas a poder resistirte –bromeó.

Él la miró alzando las cejas.

–A mí. Tengo poder sobre ti.

–¿Ah, sí? Hablaremos de ese poder esta noche.

–De acuerdo. Hay muchas cosas de las que quiero hablar contigo.

–Me lo imagino.

El ascensor llegó y lo tomaron para bajar. Una vez salieron del vestíbulo, Conner vio que su coche le esperaba.

–¿Quieres que le pida a Randall que te lleve a tu oficina cuando me haya dejado en el despacho?

–No, gracias. Tomaré un taxi.

No podía resistirse a besarla, y precisamente por esa razón estuvo a punto de no hacerlo, pero el control lo ejercía él, tanto sobre su propio cuerpo como sobre su acuerdo, así que la besó para demostrarse a sí mismo que podía parar en cuanto quisiera.

—Hasta esta noche.

Se subió al asiento trasero de su Rolls Royce Phantom y miró hacia atrás solo una vez cuando Randall se alejaba. Nichole no se había movido del sitio, y observaba su coche con una mano puesta en la boca. Luego movió la cabeza y echó a andar en dirección contraria.

Su móvil sonó y miró a ver quién era. Su madre. Seguramente era la última persona del mundo con quien debería hablar estando como estaba… que no era nada del otro mundo, pero sí cargado de emoción. Llevaba tanto tiempo fingiendo ser distante y no sentir lo mismo que sentían el resto de los mortales…

Pulsó una tecla del teléfono.

—Hola, mamá.

—¿Estás ocupado, hijo?

De haberlo estado, no habría contestado el teléfono, ella siempre le hacía esa pregunta.

—No. ¿Qué ocurre?

—Este fin de semana tengo una jornada de puertas abiertas para una organización benéfica en Bridgehampton y me gustaría que vinieras.

—¿Qué día?

—El sábado, pero he pensado que podías venirte el viernes por la noche y quedarte hasta el domingo. Podrías traerte a esa periodista con la que cenaste en casa de tu hermana el otro día.

—¿Cómo sabes eso?

—Por Janey. A ella no le importa hablar conmigo todos los días.

Le molestó que su hermana le hubiera hablado de Nichole.

–¿Te ha contado también que está saliendo con Palmer?

–¿Ah, sí? Pues no, no lo ha hecho. Entonces también lo incluiré a él en mi invitación para el fin de semana. ¡Ay, hijo, va a ser maravilloso! Los dos en casa y con vuestras…

–Mamá, iré a lo del sábado, pero no puedo quedarme todo el fin de semana.

–¿Ah, no?

–No. ¿Hay algo más?

–Jane dice que tú y Nichole Reynolds congeniasteis de maravilla. ¿Es eso cierto?

–Sí, lo es, pero no hay nada serio entre nosotros.

–Contigo nunca hay nada serio –su madre suspiró–. Me gustaría tener nietos algún día, ¿sabes?

–Janey puede dártelos también.

–Creo que está esperando a ver una señal en ti de que todo va bien.

Eso no podía ser cierto.

–Pues no entiendo por qué. Ella es capaz de construir un hogar mejor que yo.

–Los dos habéis creado lo que sentisteis que faltaba cuando el escándalo de tu padre. Tú has creado seguridad económica para todos nosotros, y Janey la casa perfecta. Pero no es suficiente, y no sé qué hacer para demostrároslo.

–Estaré allí el sábado, y me acompañará Nichole Reynolds. Ahora tengo que dejarte mamá. Un beso.

Y colgó antes de que pudiera decir nada más.

Tras la comida con Nichole, lo último que quería era una discusión emocional con su madre. No estaba muy seguro de cómo había ocurrido, pero su vida ordenada y precisa había sufrido un vuelco que la había dejado patas arriba. En realidad sí que sabía cómo había ocurrido y quién era la culpable: Nichole Reynolds.

Nichole había tomado el metro para volver a su oficina con la esperanza de que estando rodeada de otras personas conseguiría no darle tantas vueltas a la cabeza. Pero no le sirvió de nada. Seguía sin saber a ciencia cierta a qué se había comprometido con Conner, y cuantas más vueltas le daba, más se apretaba el nudo de tensión que tenía en el estómago.

A lo largo de los años, había mantenido su buena dosis de conversaciones incómodas con otras personas, y había llegado a ser una buena periodista haciendo preguntas difíciles, pero nunca había tenido que hablar de su vida personal con su jefe, y sabía que iba a tener que hacerlo sin dilación aquel mismo día.

Tenía la persistente impresión de que lo que había acordado que iba a hacer con Conner alteraba su percepción, pero no iba a poder evitarlo.

Tomó las escaleras en lugar del ascensor, sin duda para posponer lo inevitable. Pero la suerte quiso que su jefe estuviera en el despacho cuando pasó a verlo.

—¿Tienes un minuto?

—Tengo unos cuantos. ¿Qué necesitas?

Entró en el despacho y cerró la puerta. Ross Kleman llevaba ya tiempo dedicado al periodismo, y había conseguido que el *America Today* siguiera siendo una publicación vibrante y que daba beneficios. Muchos periódicos no habían soportado la transición al mundo digital con tanta soltura como *America Today*, y ello se debía en gran parte a Ross.

–Bueno, dos cosas. La primera es que tengo una entrevista con Conner Macafee. Yo lo veo como una historia en dos partes. La primera se centrará en su empresa de búsqueda de pareja, sobre la que han hecho el programa de *Sexy and Single*. Y la segunda será un retrato a todo color sobre cómo el escándalo de su padre ha influido en sus negocios y en sus decisiones personales.

–¡Vaya! ¿Y cómo has conseguido que acceda a eso? ¿Y a qué te refieres con un retrato a todo color?

–Cómo he conseguido que acceda une lo primero que quería decirte con lo segundo: Conner y yo estamos saliendo. ¿Supone algún problema?

Ross se recostó en su silla y cruzó los brazos.

–Podemos revelar vuestra relación cuando publiquemos los artículos. Eso debería bastar para calmar cualquier cuestión relacionada con la ética. Entonces, ¿ha accedido a que escribas sobre él porque estáis saliendo?

Nichole asintió.

–En la segunda parte confiaré en mis propias observaciones, dado que no está dispuesto a hablar del escándalo de su padre, pero tengo claro que ha influido en sus decisiones. Y hasta cierto punto, es algo que también se ve en su hermana.

–Interesante. Dependiendo del tipo de historia que acabes escribiendo, podemos dejarla para el dominical.

–Bien. No pretendo destapar nada. Solo que sea una versión algo más larga de mi columna habitual.

–A ver qué puedes hacer. Y piensa en un artículo y no en la columna mientras lo escribas. ¿Eso era todo?

–Sí. Es todo –contestó ella, y salió del despacho.

De vuelta a su mesa, dejó a un lado el bolso y encendió el ordenador. Mientras, sacó el teléfono para mandar un mensaje a Conner.

Nichole: No hay problema con mi jefe. Puedo irme esta noche.

Pasaron unos minutos antes de recibir la respuesta.

Conner: Bien. Tengo una reunión a las cinco, así que no podré encontrarme contigo hasta las ocho. Te llamaré cuando haya terminado.

Nichole: OK

Conner: ¿Siempre tienes que decir tú la última palabra?

Nichole: Sí

Conner: OK

Nichole: De acuerdo

Conner: Tú ganas

Nichole: ¡Bien!

Capítulo Once

Conner se esperaba que Nichole necesitase más tiempo, o intentase encontrar alguna excusa por la que no pudiera irse a vivir a su casa, pero parecía decidida a hacer lo que fuera para cumplir los términos del contrato que había redactado con él.

Su respeto por ella creció un poco al darse cuenta. Cuanto más la conocía como persona, menos temor le inspiraba lo que pudiera acabar escribiendo sobre él. ¡Qué tontería! Debía tener presente que estaba allí para conseguir un reportaje, y él se iba a asegurar de que obtuviera la información que él quisiera y nada más.

Su piso era el ático de un edificio en el Upper East Side. Ocupaba todo un lateral del edificio, y la pared que daba a la terraza era totalmente de cristal. Se había gastado un dineral en decorarlo, en convertirlo en un hogar que le daba la bienvenida nada más abrir la puerta.

Invitó a pasar a Nichole. Él llevaba una pequeña bolsa de viaje; ella, su portátil y el bolso. Randall portaba el resto de su equipaje, pero en conjunto no era mucho lo que llevaba.

–Bienvenida a mi casa –le dijo al traspasar el umbral, que daba directamente al espacioso salón abierto.

–Gracias. He tenido que decirles a mis padres que me iba a quedar en casa de un amigo porque en mi casa hay obras –le explicó a botepronto–. Mi madre me llama a casa a todas horas.

Su forma de comportarse fue la única pista que tuvo de que estaba nerviosa ante la idea de vivir con él.

–Bueno. ¿Quieres darles el número de mi casa?

–Si no te importa… así se sentirán mejor. Pero no quiero que sepan nada de ti.

–¿Qué quieres decir?

–Que si saben que estoy viviendo contigo querrán conocerte, y luego, cuando rompamos en un mes, se llevarán una desilusión enorme por mí, por ellos, y por los nietos que se mueren por tener.

–Mi madre también es un poco así.

–Entonces te haces una idea.

–Voy a dejarte mi dormitorio para que tengas más intimidad. Sé que te preocupa que mi insistencia en que vivieras aquí pueda dejarte sin tu independencia.

Ella asintió.

–Gracias. Suelo escribir mucho en casa porque en la oficina hay mucho ruido.

La condujo a una espaciosa habitación de invitados que quedaba junto al dormitorio principal.

–Esta habitación tiene escritorio, aunque también podemos traer el de tu casa, si lo prefieres.

–Este servirá.

Dejó la bolsa sobre la cama y se quedó parado un instante. Nunca antes había tenido una amante. Podía imaginarse a sí mismo como un jeque y a ella como parte de su harén, pero sabía que no de-

bía ocurrírsele ni de lejos pedirle que se desnuda-
ra.

–Te dejo para que te instales –dijo–. ¿Has cenado?

–No. He tenido un día más ajetreado de lo que
esperaba.

–Yo tampoco he cenado. ¿Quieres que tome-
mos algo en el patio dentro de veinte minutos? Mi
ama de llaves nos ha dejado la cena preparada.

–Estupendo.

Conner decidió salir de allí lo más deprisa posible, no fuera a rendirse a sus instintos y a lanzarla
sobre la cama. Llevaba todo el día imaginándose
ese momento: lo que haría una vez la tuviera en su
casa. Había decidido que el mejor modo de proce-
der sería mantenerla un poco en ascuas. Pero no
había contado con que ella también podía mantenerlo a él del mismo modo.

Fue a su dormitorio y se quitó el traje para ponerse unos pantalones cortos caqui y una simple
camiseta negra. Revisó los correos que le habían
llegado al móvil y contestó los urgentes. Luego se
sentó en la mecedora que tenía junto a la cama y
se dio cuenta de que le excitaba tener a Nichole en
su casa.

A veces, cuando estaba allí, se sentía solo. Nunca había invitado a nadie a pasar la noche en su
casa, y le gustaba tener compañía. La única inquie-
tud que sentía se debía al control que tenía que
ejercer sobre sí mismo para no hacer ningún comentario que ella pudiera utilizar después en sus
artículos.

Llamaron a la puerta, y mientras se guardaba el

móvil en el bolsillo, fue a abrir. Nichole estaba allí, vestida con unos ceñidos vaqueros y una camiseta corta. Iba descalza, y se había recogido el pelo en una coleta alta.

–Esta es tu habitación, ¿no? –preguntó, pasando junto a él.

–Sí.

No podía apartar la mirada de ella. Pretendía que el sexo fuera lo que evitara que hiciese demasiadas preguntas, pero no había contado con que ella podía distraerlo del mismo modo.

Se acercó a la cómoda de caoba y pasó un dedo por su pulida superficie. Había en ella una pequeña caja para relojes y una fotografía de su madre y su hermana tomada la Navidad anterior, pero aparte de eso, la alcoba estaba desprovista de recuerdos personales.

–Un poco aséptica, ¿no?

–No me gustan los cachivaches. Y menos aquí. ¿Qué esperabas encontrar?

–Alguna pista del Conner Macafee real.

–Encontrarás más pistas sobre él en la cama, pelirroja.

–¿Por qué me llamas así?

–No lo sé. Porque eres una mujer intensa y llena de pasión. Me parece que te queda bien.

Ella asintió.

–Cuando era pequeña, odiaba mi pelo.

–Y yo odiaba que todo el mundo creyera conocerme.

–Me lo imagino. ¿Fuiste a un colegio privado?

–Sí, muy exclusivo. Muchas familias de las de rancio abolengo, así que los alumnos proveníamos de un entorno similar. Incluso la mayoría de las familias se conocían.

—Pero tú eras diferente a los otros chicos, ¿no?

—Eso creía yo, pero me imagino que todos lo creíamos. Es difícil ser un rebelde cuando se tiene todo.

—Supongo que al perderlo todo de pronto, te resultó mucho más fácil.

—Podría decirse que sí. Vamos a la cocina. Creo que voy a necesitar una copa.

Nichole le siguió sin dejar de mirar a su alrededor. No era un lugar aséptico, y se dio cuenta de que no debería haber dicho eso de su alcoba. No le gustaba colgar fotos por todas partes, pero sí tenía obras de arte.

—¿Los ricos cuelgan obras de arte en lugar de fotos?

—Pues no lo sé. Yo me limito a colgar lo que me gusta. Mi madre y mi hermana son las dos únicas personas a las que me siento unido —abrió la puerta de acero del frigorífico—. ¿Quieres una Corona?

—Sí, por favor.

—Siéntate —la invitó, señalando la zona de bar.

Nichole se encaramó a uno de los taburetes. La cocina era de diseño, con un fogón profesional.

—¿Cocinas?

—No, pero tengo un chef que viene a casa cuando tengo cenas y eventos, y fue quien insistió en que la cocina fuera así. Yo me limito a usar el microondas para calentar las cosas siguiendo las instrucciones de la señora Plumb.

–Yo también uso mucho el microondas. No tengo tiempo de cocinar –dijo Nichole, y aceptó la botella de Corona que él le ofrecía con un gajito de lima en el borde. Empujó la lima para que cayera al interior de la botella y tomó un trago–. ¿Jane es tu chef?

–Sí –contestó él, apoyándose contra la barra del bar.

–¿Por qué no me has dicho simplemente su nombre?

–Es que estoy acostumbrado a no hablar de ella.

Sabía que Conner iba a ser un entrevistado difícil, pero no se había dado cuenta de hasta qué punto mantenía la guardia alta. Si no pretendía dejarla pasar, ¿cómo demonios iba a obtener la información que necesitaba?

–Conmigo no pasa nada porque uses su nombre.

–Lo sé. Es la fuerza de la costumbre –contestó él, y tomó un trago largo de su cerveza–. Vamos a ver qué tenemos para cenar –dijo, dejándola en la encimera.

Abrió el horno y se agachó para ver qué había dentro, lo que le proporcionó a Nichole una agradable vista de su trasero, y decidió silbar para hacérselo saber. No quería que Conner se sintiera presionado con sus preguntas y sabía que el único modo de conseguirlo era, en primer lugar, lograr mantenerlo desequilibrado, y en segundo, que el tono general de su relación fuese distendido. Él esperaba que le planteara preguntas difíciles y ella tenía claro que iba a hacerlo, pero desde luego no al principio.

–¿Te gusta lo que ves? –preguntó él, moviendo las caderas.

–Pues sí. ¿Y qué tenemos en el menú aparte de tu cuerpo serrano?

–Salmón *en croute*. La señora Plumb ha estado probando con varias recetas.

–Suena bien. ¿Cuánto tiempo lleva trabajando para ti?

–Ocho años. El tiempo que llevo yo en esta casa.

Se puso los guantes del horno y sacó dos platos.

–¿Llevas tú las cervezas?

–Sí, señor.

Él iba delante, y las puertas de cristal automáticas que se abrían gracias a un sensor cada vez que alguien se acercaba a ellas, les franquearon el paso. Una vez salieron, dejó los platos en la mesa, ya preparada con copas, servilletas, platos y cubiertos.

–Me gusta esa puerta. Tecnología punta, ¿eh?

–Me gustan las comodidades, y tengo dinero para comprar lo que me gusta. Enseguida vuelvo.

Nichole colocó las cervezas y se sentó a esperarle. Conner volvió con dos ensaladas y dejó una junto al plato de ella y otra junto al suyo.

–Seguramente debería servir vino con esta cena, pero no es lo mío.

–¿Ningún vino?

–Casi ninguno. Lo tomo en las cenas sociales porque es lo que se espera, pero cuando estoy en casa, no lo pruebo.

–A mí sí me gusta el vino, pero lo suelo tomar cuando salgo por ahí con mis amigas.

–Mencionaste el otro día que Jane es amiga de

Willow, y que Willow es una de tus mejores amigas, ¿no?

–Sí. Willow, Gail Little y yo crecimos juntas. Las tres acabamos yendo a la universidad en Nueva York y nos hemos unido más con el paso del tiempo. Es estupendo tenerlas aquí cerca. Me hace sentir que tengo mi casa conmigo.

–Yo tengo algunos amigos, pero son sobre todo socios de negocios con los que comparto aficiones.

Nichole fue relajándose en el transcurso de la cena, y Conner también. Todo era como en cualquier otra primera cita, de no ser porque ambos sabían que aquella noche iban a dormir juntos.

–¿Qué aficiones tienes?

–Navegar. Me encanta salir en barco.

–¿Y qué es lo que te gusta en particular?

Seguramente era el hecho de que, estando en mar abierto, nadie podía molestarle.

Se encogió de hombros y tomó un bocado bajo su atenta mirada. Fue entonces cuando se dio cuenta de que todo en él la fascinaba.

–Supongo que la soledad. Suele haber poca o ninguna cobertura en el teléfono, de modo que nadie puede ponerse en contacto conmigo desde la oficina. Suelo salir solo o con muy poca tripulación para que nadie me moleste.

Entendía por qué le atraería esa soledad. Conner había llegado a ser el hombre que era en el presente por un incidente tremendamente invasivo acaecido en el pasado, de modo que necesitaba estar solo para sentirse seguro.

A lo mejor esa era la razón por la que quería que fuera su amante en lugar de su novia. Quizás esa capa añadida le proporcionaba la seguridad de saber que aún podría volver a estar solo cuando aquello acabara.

Conner estaba disfrutando de la velada con Nichole, pero en cierto modo le estaba pareciendo un escenario demasiado doméstico, y eso le molestaba mucho. No quería sentirse demasiado cómodo con ella.

Excitado por tenerla cerca sí, pero cómodo, no. Tenía que mantenerse alerta y en su sitio con ella. Lo había desestabilizado con su sensualidad, y ya era hora de empezar a recuperar el terreno que había perdido.

Le había hecho preguntas, pero él había intentado mantenerlas equilibradas descubriendo la misma cantidad de información sobre ella. Nichole era un misterio para él, y cada poco que iba descubriendo solo servía para suscitar una nueva pregunta. Tenía una elegancia natural en todos sus movimientos, y era divertida e inteligente.

Le estaba dando una descripción de la persona que se sentaba detrás de ella en la oficina, un redactor deportivo que, según Nichole, se pasaba la mayor parte del tiempo intentando revivir sus días de gloria.

—Lo cierto es que es un tipo estupendo, y un gran escritor. Si no hablara tanto de su fracasada carrera en el baloncesto, a la gente le caería bien. Debería parecerse más a Jack Crown.

—¿En qué sentido? —preguntó él mientras preparaba café.

–Jack no se pasa la vida lamentándose por haber perdido la posibilidad de ser jugador profesional de fútbol, sino que vive en el presente.

–Entiendo. Por eso a mí no me gusta hablar de mi pasado. Lo que importa es lo que ocurre ahora.

Ella lo miró con cierta ironía.

–El pasado influye en todo lo que hacemos en el presente. Ser la bomba en el equipo del instituto y contarle a todo el mundo que tú fuiste el artífice de la victoria del equipo en el campeonato estatal, es otra historia.

Él movió la cabeza mientras añadía leche y azúcar a su café, y solo leche al de ella.

–Solo es diferente porque tú quieres saber de mi pasado. Si yo fuera Joe Schmoe y nunca hubieras oído hablar de mi padre, te importaría un comino.

–Es cierto, pero es que no lo eres, de modo que tu opinión es discutible –rebatió Nichole, tomando la taza que él le ofrecía–. Me ha encantado ver que tenías una Keurig. Me encanta la mía, y he estado a punto de traérmela.

–¿Por qué?

–Porque necesito café en grandes cantidades.

–¿No te pone nerviosa? –preguntó él, sentándose a su lado.

–No, la verdad. Y me encanta el sabor –dijo, y movió la cabeza–. No sé por qué te hablo tanto del café. No tiene tanta importancia.

–Me encanta cuando bajas la guardia –le dijo Conner.

–¿Es lo que estoy haciendo?

–Eso creo. Has debido de llegar a la conclusión

de que el único modo de conseguir que me abra a ti es abriéndote tú a mí.

–Eres un hombre listo, señor Macafee, pero no voy a permitir que me manipules. Desde que nos conocimos me di cuenta de que estabas muy acostumbrado a salirte con la tuya.

Él se echó a reír.

–¡Ni se me ocurriría intentar manipularte! Y todos queremos salirnos con la nuestra, así que por supuesto que estoy acostumbrado a ello. He trabajado mucho para asegurarme de que las cosas ocurran como yo quiero que ocurran.

Se había pasado años trazando el camino de su vida para alcanzar el mejor resultado posible. No era tarea fácil llegar donde estaba y evitar que todo el mundo le hiciese la pregunta a la que él no quería contestar. No había conseguido escapar del todo a la salacidad del escándalo de su padre, y sin embargo había conseguido vivir su vida sin responder a las preguntas y manteniendo a raya a los periodistas.

¿Cómo demonios había llegado entonces Nichole a sentarse a su lado? Aún no lo tenía claro, excepto en una de las razones: la deseaba, y allí estaba.

–¿Lista para conocer el resto de la casa?

–Claro. ¿Por qué no te trasladaste a la costa oeste después de lo que pasó con tu padre?

–Mi madre dijo que sería como si huyésemos. Como si tuviéramos algo que ocultar.

–Tu madre me parece una mujer muy fuerte. Y tu hermana también.

–Tú también lo eres. Estoy acostumbrado a las

mujeres que saben lo que quieren y a las que no les asusta ir a por ello.

La condujo por las escaleras a la izquierda del vestíbulo que conducían a los dormitorios.

—Esta es mi zona de juegos.

—No puedo esperar para ver qué tienes ahí.

Había una mesa de billar y un centro de entretenimiento. En la pared de enfrente, había un bar con seis taburetes y detrás una impresionante variedad de licores. Cruzaron la sala de juegos y entraron en un amplio estudio. En él, había una gran mesa de madera oscura delante de un gran ventanal, flanqueada por sendas librerías del suelo al techo, llenas de libros.

Se acercó a leer los títulos. Había algunos clásicos, y por supuesto libros de economía y empresas, pero le sorprendió encontrarse con títulos de Maquiavelo y la baronesa Orczy.

—*La pimpinela escarlata.*

—Era joven cuando lo leí. El título favorito de mi madre. Me dijo que él fue el primer Batman.

Nichole se echó a reír.

—Tu madre debe de ser una mujer muy divertida.

—Es la mejor. Siempre nos ha dejado hacer lo que queríamos, a mi hermana y a mí, pero manteniéndonos controlados al mismo tiempo. Es una gran madre.

—¿Te alegras de vivir tan cerca de ella?

—Sí. Jane y yo nos turnamos para estar pendientes de ella, aunque no lo necesita.

—¿Qué clase de trabajo haces desde casa?

—Lo que sea. Si tú no hubieras estado aquí, habría cenado sentado tras esta mesa y habría estado contestando correos hasta las once.

–¡Eres un adicto al trabajo!

–Sí que lo soy, pero es imposible tener un negocio floreciente y no serlo. Todo el mundo habla de que quiere mantener el equilibrio, pero hace falta determinación y ambición para alcanzar el éxito, y esa clase de personas no quieren pasarse el tiempo descansando.

Aquellas palabras revelaban mucho de su personalidad, y lo añadió a la imagen de él que se estaba haciendo en la cabeza para escribir el artículo. Había nacido entre algodones, pero no había pereza en él. No esperaba que las cosas le llegaran por sí solas, y le admiró por ello.

–¿Estás preparada para bajar a ver el resto de las habitaciones?

–No, pero estoy preparada para volver a ver tu dormitorio.

Conner la tomó de la mano y bajaron a su dormitorio, donde le hizo el amor y ella dejó de pensar en historias y acuerdos para disfrutar simplemente de estar en los brazos de su amante… hasta que él la llevó a su propia cama en plena noche, y con aquel gesto se lo recordó.

Capítulo Doce

Nichole se despertó temprano, se duchó, y se marchó de casa de Conner sin verlo. Desgraciadamente, era demasiado pronto para reunirse con Gail y Willow para desayunar, pero sabía que si se quedaba más tiempo allí se sentiría obligada a decir o hacer algo con Conner que no debía.

La noche anterior le había echado valor y se había comportado como su amante, de acuerdo con el plan trazado, pero saber que la había llevado a su cama una vez se quedó dormida le había dolido, por mucho que intentase explicárselo. Se creía preparada para asumir la realidad de ser su amante, pero no era así.

Sabía que era ya más que hora de deshacerse de sus románticos sueños sobre Conner, pero no le estaba resultando fácil. Sentía como si hubiera conseguido arrebatarle algunas cosas la noche anterior. Había contestado a algunas de sus preguntas. Sí, eran preguntas fáciles, pero aun así...

Y aquella mañana, después de haber pasado la noche en blanco, se sentía muy emotiva. Decidió pasar por Starbucks a tomar un café y mandó mensajes a Willow y Gail a ver a qué hora iban a verse. Willow contestó enseguida, diciendo que, si Gail y ella podían acercarse a Brooklyn, podrían verse en media hora.

Nichole mandó un mensaje diciendo que sí, y paró un taxi para que la sacara de Manhattan. Se encontraron en una cafetería que servía, según Willow, el mejor desayuno de burritos de todo Nueva York. A Gail no le fue posible ir hasta allí, así que se vieron las dos solas.

–A ver, ¿qué es lo que te pasa? Si tú nunca estás libre a estas horas –dijo Willow, una vez el camarero les dejó el pedido sobre la mesa.

Nichole se ganaba la vida como periodista, pero se sentía incómoda siendo ella la destinataria de las preguntas. Sabía lo que quería decirle a su amiga, pero no cómo hacerlo. Al final respiró hondo y lo soltó todo:

–He accedido a ser la amante de Conner a cambio de una entrevista.

Willow dejó de masticar y la miró con incredulidad, lo que hizo que Nichole se diera cuenta de que debería haber elegido otras palabras.

Willow terminó de masticar el bocado que tenía en la boca y tomó la mano de su amiga por encima de la mesa.

–¿Por qué has hecho eso?

–Porque no habría accedido de otro modo.

–Es un cerdo, ¿no?

–No, no es eso. Es que... bueno, puede que no lo sepas, pero después de que se pasara días evitándome en el plató y no contestara a mis llamadas, me colé en la fiesta de su familia el Cuatro de Julio, y cuando se me plantó delante para pedirme explicaciones, yo... bueno, que noté que había química entre nosotros.

–Ya. Bueno, ahora parece que tiene más sentido. Así que él quería acostarse contigo, y tú, siendo la periodista que eres, le dijiste que no, que antes tenía que contarte lo que quisieras saber.

–Sí. Como una heroína de opereta, echándose la mano a la frente y desmayándose –resumió, algo frustrada con su amiga.

–Lo siento –dijo Willow–, pero tu situación es un problema porque… pues no sé por qué –sentenció–. ¿En qué se diferencia ser su amante de las aventuras de una noche que has tenido con esos novios que te echas cuando te vas de vacaciones?

–Es diferente porque Conner me gusta.

–Y ese es el meollo del asunto. Siempre te las has arreglado para mantener a distancia a los hombres, y hasta ahora te había resultado fácil porque siempre elegías hombres que no buscaban algo serio.

–Conner no busca una relación seria, eso está claro. ¿Crees que me gusta por eso? ¿Porque es un desafío para mí?

Necesitaba desesperadamente aclararse para poder volver a ser como era antes.

–Quizás, pero es más probable, dada la química que hay entre vosotros, que hayas encontrado un hombre que te interesa de verdad.

–Eso es lo que me temía. ¿Qué voy a hacer, Will?

–Supongo que dar marcha atrás no es una opción.

–No. Quiero esa entrevista. Ross me ha hablado de la posibilidad de publicarla en el dominical. ¿Sabes el tiempo que llevo esperando algo así?

–Sí, lo sé –dijo Willow–. En ese caso, la única so-

lución es no profundizar demasiado. Intenta fingir
que es uno de tus novios...

–No ha habido tantos –la interrumpió.

–Bueno, vale. Admito que siempre me ha dado
un poco de envidia de los tíos que te has ligado.

–Y haces bien en envidiarme –respondió Nichole, guiñándole un ojo.

La conversación acabó centrándose en la última pareja que había pasado por *Sexy and Single*.

–Rikki se ha soltado un poco la melena con
Paul. Creo que, cuando te pases esta semana por el
plató, vas a ver a una mujer distinta.

–¿Y cómo lo ha conseguido?

–Esa es la pregunta del millón de dólares. Ha
ocurrido fuera de cámara, pero la reina del hielo
ha comenzado a derretirse.

El camarero les llevó la cuenta y las dos pusie-
ron su parte.

–¿Vas a estar bien? –preguntó Willow.

Nichole no supo cómo contestar a eso. Sabía
que tenía que estarlo, porque como le había dicho
su padre en más de una ocasión, «La vida sigue,
tanto si tú estás preparado como si no». Pero ninguna otra persona le había hecho tanto daño en su
vida adulta como Conner la noche anterior, cuando la llevó a su alcoba y se marchó.

–No lo sé.

–Sabes que puedes contar conmigo si necesitas
hablar más –dijo Willow cuando se levantaron, y
abrazó a su amiga.

–Gracias.

–¿Nic?

–¿Qué?

–Siempre habrá otras entrevistas. Si crees que no te va a sentar bien como persona hacer lo que estás haciendo, sal de ahí, y quédate solo con la experiencia.

Nichole asintió y levantó la mano cuando salieron para detener un taxi.

–Lo haré. Pero sabes que no suelo rendirme fácilmente.

–Lo sé, y eso no siempre es bueno. No se debe empeñar una en algo que no te hace ningún bien. No te olvides que te mereces ser feliz y tener éxito.

El taxi llegó y sus palabras le resonaron en la cabeza mientras volvía a la oficina. Sabía que muchas veces pensaba que se podía tener una cosa u otra, pero ella lo quería todo. No estaba segura de si Conner encajaba en ese patrón, o si iba a ser la razón de que acabase sin nada.

Nichole se preparó para su entrevista con Conner como quien prepara un encuentro con el Presidente de Estados Unidos. Sabía que tenía que tener todas sus preguntas y respuestas preparadas, y sabía que debía mantener la guardia alta. Si no, a Conner no le costaría nada distraerla.

Su plan, aunque fuera difícil de ejecutar, era mostrarse profesional y no hablar de lo que había ocurrido la noche anterior. Pero estaba cansada, y no se sentía del todo bien.

La conversación que había mantenido con Willow aún le pesaba cuando se bajó del taxi delante de Matchmakers Inc., y se preguntó qué habría sentido Gail cuando se plantó allí por primera vez.

Su amiga había decidido acudir a los servicios de búsqueda de pareja porque estaba cansada de estar sola.

¿Y ella? ¿También estaba cansada de estar sola? ¿Era esa la razón por la que estaba sintiendo cosas por Conner que no quería sentir? Ojalá que no. Enamorarse no figuraba entre sus planes hasta que estuviera más cerca los cuarenta, y dado que acababa de cumplir los treinta, tenía aún diez años hasta que ocurriera.

–Buenos días. ¿Tiene usted cita con alguno de nuestros consejeros? –le preguntó la recepcionista.

–No, no tengo cita. Soy Nichole Reynolds, y he venido a reunirme aquí con Conner Macafee.

–De acuerdo. Él no ha llegado aún, pero ha dejado instrucciones de que la hagamos pasar a la sala de conferencias.

–Gracias –contestó Nichole, siguiendo a la joven por un pasillo del que colgaban fotos con escenas románticas y siluetas de parejas.

La sala de conferencias se adornaba con una foto en gran formato en la que aparecía la playa de una romántica isla con una pareja que caminaba de la mano alejándose de la cámara. Escrito en el final de la pared, enmarcado en una especie de pergamino antiguo, estaban escritas las palabras *Todo el mundo se merece ser feliz para siempre.*

–¿Quiere tomar algo? –preguntó la recepcionista.

–Un poco de agua, por favor.

La muchacha sacó una botella de agua de una pequeña nevera disimulada en un aparador y la dejó a solas. Nichole aprovechó el momento para tomar una instantánea de la habitación con su móvil y escribió unas notas en su cuaderno antes de que la puerta se abriera a su espalda.

Supo, sin necesidad de verlo, que se trataba de Conner. Era como si su cuerpo tuviera una especie de GPS que le informase de su proximidad.

–Hola, Nichole –la saludó.

–Hola, Conner. ¿Qué tal te ha ido el día?

–Bueno, no ha empezado demasiado bien, dado que mi amante no estaba en casa cuando me he despertado.

–Tenía una reunión temprano.

La miró con sus penetrantes ojos azules y sintió que podía atravesarla con la mirada.

–Si te parece, siéntate y comenzamos –dijo, bajando la mirada a sus notas.

–No quiero empezar aún. ¿Por qué te fuiste esta mañana sin despedirte?

Se mordió el labio inferior. Tenía que elegir con cuidado sus palabras, o acabaría metiendo la pata.

–Te he dicho que tenía una reunión a primera hora. ¿No podemos dejarlo así? Hablaremos de ello cuando estemos en tu casa esta noche.

–Muy bien –dijo, sentándose junto a ella, en lugar de enfrente–. ¿Qué quieres saber?

–¿Te importa si grabo la entrevista? Así, si tengo alguna duda, puedo volver a la grabación.

–Me parece bien.

Sacó el móvil y seleccionó el modo grabación. Lo colocó entre ellos y pulsó el botón de grabar.

–Entrevista a Conner Macafee, propietario de Matchmakers Inc., en sus oficinas de Manhattan.

Veamos, ¿hasta qué punto estás involucrado en la gestión del día a día de la empresa?

–Mi implicación es muy general, y se trata de una supervisión económica.

–¿Por qué eres dueño de una empresa que se dedica a la búsqueda de pareja cuando el matrimonio es algo que claramente no te interesa?

–Heredé la empresa de mi abuela materna. Mi intención inicial era venderla, pero tenía un primo que había sido víctima de una cazafortunas y que acabó con el corazón destrozado, de modo que pensé que, si me quedaba con la empresa, podría enviar a los amigos que andan queriendo casarse. Matchmakers Inc. se ocupa de cribar a los aspirantes para evitar que vuelva a ocurrir lo que le pasó a mi primo.

–Interesante. Entonces, en cierto modo, formaste parte de la compañía en sus comienzos, ¿no?

–Solo en lo que respectaba a mi primo. Los responsables de la empresa ya llevaban tiempo trabajando en ello y gozando de una buena reputación en el desempeño de su labor, así que yo me limité a añadir una cláusula más en la investigación que ya se hacía de los candidatos.

–En la pared de esta sala se puede leer que «Todo el mundo se merece ser feliz para siempre». ¿Es esa también tu meta?

–Sí, lo es –contestó él–. Pero no estoy completamente seguro de lo que necesito para ser feliz en una relación.

Aquellas palabras le resultaron inesperadas, y alzó la mirada para ver su expresión. Él alargó el brazo, le quitó el iPhone de la mano y apagó la grabación.

Conner tenía la sensación de que estaba perdiendo por completo el control de la situación con Nichole. La noche anterior había tenido que llevarla a su alcoba porque lo que quería era que durmiera en sus brazos toda la noche, y, si quería mantener el control sobre sus emociones e impedir que aquella historia de ser amantes acabara transformándose en una relación verdadera, no podía dormir con ella.

El sexo estaba bien, pero dormir juntos le hacía sentir cosas que nada tenían que ver con la química, y sabía que eso era un error. Desde el principio, Nichole no había sido para él como el resto de las mujeres, y en lugar de considerar esa diferencia como un desafío, su cabeza se empeñaba en tomárselo como un aviso.

Pero no había prestado atención, y en parte se temía que ya fuera demasiado tarde.

–Quiero ser tan feliz como el que más.

–Supongo que esto no forma parte de la entrevista, ¿no?

–Supones bien. Esto es entre tú y yo. Sé que estás molesta por lo de ayer.

–Lo estoy. Pero ahora no puedo entrar en eso. Solo tenemos treinta minutos para la entrevista.

–En realidad no queda mucho más que decir sobre la empresa, pero contestaré a tus preguntas más tarde si te surgen más.

–Gracias. ¿De qué quieres hablar?

No lo sabía en realidad. Ahora que había conseguido desplazar la conversación al terreno personal, se sentía inseguro. Diablos… aquello era un error. Debería fingir que había recibido un mensaje de la oficina y marcharse de allí.

–No puedo dormir contigo toda la noche y pretender ser objetivo sobre nuestra relación al día siguiente –confesó.

Ella volvió a morderse el labio inferior y él no pudo resistir la tentación de besarla. No se relajó entre sus brazos como solía hacer, y con eso bastaba para saber lo dolida que estaba con él.

–Yo tampoco puedo. No sé qué pensar porque no puedo decir si lo que está pasando lo propicias tú o lo propicio yo. Siempre he tenido relaciones sencillas y sin ataduras, pero contigo no me parece que eso baste.

No le gustaba oírla hablar de sus anteriores relaciones, aun cuando sabía que era una actitud hipócrita. Él había tenido esa misma clase de relaciones, pero no le gustaba imaginarse a otro hombre acariciándola íntimamente. O conociéndola del modo en que él empezaba a conocerla.

–Yo tampoco lo sé. No podría haberme metido en una situación como esta con una mujer más complicada que tú. Eres periodista…

–Lo sé. Y tú tienes fobia al compromiso. No somos la media naranja el uno del otro, pero el acuerdo al que llegamos… es más complicado de lo que yo pensé que sería.

–Lo siento –dijo él.

–Y lo peor es que después de todo lo que ha pasado entre nosotros, yo no lo siento.

Aquellas palabras volvían a darle la mano en la partida. Tenía la sensación de que, si extremaba el cuidado a la hora de tratarla a partir de aquel momento, ella podría estar más predispuesta a tolerar sus defectos. Y el acuerdo aún podía funcionar como él necesitaba que lo hiciera.

–Tendremos que ir descubriéndolo a medida que avancemos –dijo, esperando que aquellas palabras bastaran para que se sintiera feliz.

–Sí, así será. Tengo una pregunta más que hacerte.

–¿Ah, sí?

–¿Hay una parte de ti mismo que se pregunta si la relación de tus padres habría resultado de otro modo de haber utilizado un servicio como este?

Y, ¡zas!, así sin más, volvía a ser ella quien era mano en su partida. Aquella era una pregunta que se había hecho un millón de veces. Cuando su primo Grant había sido víctima de aquella cazafortunas, y lo había enviado al servicio de búsqueda de pareja, lo hizo pensando en su madre. ¿Habrían sido capaces de prever que su padre podría crear dos familias separadas y conseguir que sus vidas nunca se cruzaran?

–No suelo remover el pasado –dijo.

–Conner, te he dado acceso a mi persona como no lo ha tenido ningún otro hombre, y espero que hagas honor a nuestro acuerdo y respondas a mis preguntas.

Él se levantó de la silla y se alejó unos pasos.

–No puedo hacerlo. No acordamos cómo contestaría a tus preguntas. Solo que lo haría.

Ella se levantó también.

–No voy a permitir que dejes mis preguntas sin contestar. No te he preguntado por nada demasiado personal. Es una pregunta sencilla.

–No es sencilla, como muy bien sabes, sino tremendamente complicada, y juega con las reacciones emocionales de un muchacho ante una situación horrible de sus padres. Yo soy un hombre, y llevo esta empresa de modo que dé beneficios. Sí, quedaría muy bonito decir que tengo una visión romántica sobre cómo podría haberse salvado el matrimonio de mis padres, pero simplemente no sería cierto. Mi padre fue un falso, tanto en su forma de tratar a su familia como en sus acuerdos comerciales. ¿Pienso que un especialista en parejas podría haber intuido de alguna manera que era así en una entrevista de quince minutos? Lo dudo.

Conner sabía que tenía que dejar de hablar, pero la rabia que sentía hacia su padre se estaba renovando en su interior, y la ira que le inspiraba Nichole por haberle hecho pensar en esas cosas y sentirse como cuando era un crío, era tremenda. Echó a andar hacia la puerta.

–Esta última parte es *off the record*. No se te ocurra publicarla –le advirtió–. Por hoy hemos terminado. Tengo una cena de trabajo esta noche y mi socio va a venir con su mujer. Espero que tú también vengas. Mi secretaria te dirá el sitio y la hora.

Y salió sin tan siquiera mirar atrás.

Capítulo Trece

Nichole se vistió para la cena con Conner poniendo el cuidado que no había puesto en años. El modo en que se marchó, dejándola a ella en la sala de juntas de Matchmakers Inc., la había alterado, y estaba decidida a hablar de ello aquella misma noche, cuando se quedaran solos.

Pero quería pillarlo desprevenido. Necesitaba deslumbrarle con su aspecto, hacerle desear que se quedara para siempre en su vida.

Estaba asustada porque cuanto le había dicho la empujaba a enamorarse más de él. Era un hombre herido, y seguramente se sentía amenazado por su presencia, y aunque ella nunca había sido de esas mujeres que pretendían sanar a un hombre, quería ayudarle a dejar atrás su pasado. Pero primero tendría que encontrar el modo de hacerlo.

Llegó a Del Posto, el restaurante situado en el distrito de los mataderos propiedad del famoso chef Mario Batali al que iba por primera vez, y se encontró con que Conner la estaba esperando en el vestíbulo, abarrotado de clientes.

Sonrió al verla acercarse, con lo que le quedó claro que iba a fingir que no había ocurrido nada entre ellos. Lo besó en la mejilla.

–Gracias por ser puntual. Cam y Becca Stern no

llegarán hasta dentro de diez minutos. Quería ponerte en antecedentes sobre ellos.

–Adelante –contestó ella–. Si me hubieras enviado sus nombres, habría buscado en Internet.

–Buena idea. Si vuelves a acompañarme en alguna cena de negocios, lo haré. Cam es copropietario de Luna Azul, en Miami. Es uno de los clubes más famosos de Florida.

–Me suena. Nate Stern, su hermano menor, es mi contacto en Miami y South Beach. Me pasa rumores muy jugosos. Antes era jugador de béisbol.

–Bien. Entonces estás familiarizada con ellos. Yo soy inversor en el proyecto de apertura de un segundo Luna Azul aquí en Manhattan, y la cena de esta noche tiene por objeto tratar esos detalles. Pero puesto que viene acompañado de su esposa, creo que será también algo más social –dijo, invitándola a precederle hacia la barra–. Cuanto se comente sobre el negocio tendrá carácter extraoficial.

–Lo sé, pero gracias por ser siempre tan oficial conmigo.

–¿Detecto cierto sarcasmo?

–Sí, claro. ¿Cuándo te vas a dar cuenta de que... qué más da. Nunca voy a conseguir que te des cuenta de que no soy la misma clase de periodista que los que te acosaron cuando eras joven.

Él negó con la cabeza.

–Lo intento, no te creas. ¿Qué quieres tomar?

–Un *Bellini*.

El cóctel de melocotón dulce y vino *prosecco* era lo que necesitaba para relajarse y dejar que la noche avanzase. Estaba empezando a sospechar que ser la amante de un hombre implicaba guardarse las emociones cuanto más hondo, mejor. ¿De qué otro modo podía sobrevivir una mujer en su posición?

Sabía que debería considerar su arreglo como un acuerdo de negocios… exactamente lo que Conner le había dicho al principio, pero no había sido capaz de contenerse. Es más: no quería contenerse. Era demasiado íntimo, y en cada ocasión que estaban juntos, y no solo sexualmente, le costaba más trabajo identificar la línea que separaba lo profesional de lo personal.

Conner llegó con sus bebidas.

—Un brindis —dijo.

—¿Por qué brindamos?

—Por ti, Nichole, por soportarme y querer hacer de mí un hombre mejor.

¿Por qué narices había dicho eso? Chocaron sus copas, e iba a decir algo cuando una pareja se unió a ellos. Nichole tomó un sorbo de su copa mientras Conner estrechaba la mano de Cam Stern. Eran de la misma estatura. Cam estaba bronceado, como era natural en un hombre que vivía en Miami, rodeaba la cintura de su esposa con un brazo y sonreía.

—Preséntanos a tu acompañante —dijo.

—Becca, Cam, os presento a Nichole Reynolds.

Nichole estrechó la mano de ambos.

—Conozco tu nombre —dijo Becca—. Leo tu columna online todos los días.

—Gracias —contestó—. Yo también suelo hablar con tu cuñado con frecuencia para que me ponga al día de lo que pasa en vuestra parte del mundo.

–Me sorprendes –dijo Cam–. Conner, ¿tú sabías que estás saliendo con una periodista?

–Pues claro que lo sé, Cam.

Cam le guiñó un ojo a Nichole.

–Lo siento, querida, pero siempre ha dicho que para él los periodistas son la escoria de la tierra.

–Estoy intentando hacerle cambiar de opinión.

–¿Y qué tal vas?

Conner le pasó el brazo por la cintura y tiró suavemente de ella para besarla.

–Sabe buscarse las mañas para hacerme olvidar que es periodista.

Nichole sabía que eso no era cierto, pero se dio cuenta de que él pretendía que, al menos por una noche, Cam y Becca los vieran como pareja, y no como un hombre con su amante.

Afortunadamente el maître los llamó en aquel momento y los condujo a un reservado. La cena acabó siendo un rato de charla agradable. Tal y como Conner sospechaba, la inclusión de las mujeres hizo de la ocasión un evento social, más que una reunión estrictamente de negocios.

Nichole supo que Becca y Cam tenían un hijo que acababa de cumplir los dos años. Becca era una madre devota que pensaba que su hijo era un genio. Cam también se sentía muy orgulloso de su vástago, y ambos sacaron sus móviles en más de una ocasión durante la cena para enseñarles fotos del niño.

–¿Tenéis pensado tener más hijos? –preguntó Nichole.

–Sí. De hecho, acabamos de saber que Becca está embarazada de tres meses –anunció Cam.

–Enhorabuena –les felicitó Conner.

–¿Y vosotros tenéis pensado formar una familia pronto? –preguntó Cam, dirigiéndose a Conner–. Ahora que has encontrado a una mujer como Nichole…

Ella lo miró. ¿Qué pensaría contestar? Ni él ni ella estaban preparados para pensar en familias.

–Aún nos estamos conociendo y disfrutando de nuestra relación. No hemos llegado a esa fase tan seria aún.

Y hábilmente desvió la conversación.

Nichole sabía que era muy capaz de haber dicho «Es mi amante y solo compartimos la cama», así que se dio por satisfecha. Era la clase de comentario que había hecho un millón de veces en el pasado sobre los hombres con los que salía, y sabía que aquellas palabras no tendrían que haberle dolido, pero no fue así.

Nichole llevaba cinco días evitándole. Al volver a casa después de la cena con Cam y Becca le dijo que había empezado con la regla y que quería irse a la cama sola. Al día siguiente, cuando se levantó, ya se había marchado.

Sabía que algo pasaba porque incluso rechazó la invitación para asistir a la fiesta de cumpleaños de su madre, cuando había dicho que quería observarle con su familia. De hecho, la había invitado aun sabiendo que quizás no debería hacerlo, solo para que ella lo considerara como una ofrenda de paz. Pero aun así, declinó la invitación.

Aquella noche había enviado a Randall a recogerla al trabajo para que la llevara a casa directamente. Había tenido que cancelar todos sus planes, pero no le importó lo más mínimo. Estaba decidido a llegar al fondo de lo que estuviera ocurriendo. Si resultaba que quería dar marcha atrás… bueno, tendría que pensárselo.

Tenía información suficiente para preparar un artículo sobre su participación en Matchmakers Inc., y el programa de televisión. Pero ella siempre quería más, y aunque él había intentado dárselo, al final no sabía si alguna vez sería capaz de darle lo que quería de verdad.

Llegó a su casa alrededor de las siete y media y dejó las llaves en la consola de la entrada.

—¡No me lo puedo creer! Le has dicho a Randall que me raptara si era necesario —le espetó con los brazos en jarras. Llevaba una falda ceñida y una blusa metida por dentro, con la melena recogida en una coleta alta y unas gafas de diseño en lo alto de la cabeza.

—Te pedí que cenaras conmigo hoy.

—Y yo te dije que no podía.

—Nuestro acuerdo incluía todas las noches. Y me has estado evitando. Tenemos que hablar, y dado que has hecho cuanto has podido para no estar conmigo, no me has dejado otra opción. Ven y siéntate. Te he servido una copa de vino.

Se acercó a él con ese andar lento y felino tan característico de ella. Dios, cómo la deseaba. Las dos noches que había pasado en sus brazos no le habían bastado ni de lejos.

En parte sospechaba que ni un millón de noches le bastarían, pero dado que no iba a tenerlas,

tendría que conformarse con el tiempo que estuvieran juntos.

Nichole se sentó en el borde del sofá y aceptó la
copa de vino. Conner estaba nervioso, y eso le molestaba. De hecho, no había estado tan nervioso
desde la primera vez en que entró en la junta de
accionistas de Macafee Internacional para anun-
ciarles que estaba listo para dirigir la compañía.

Tomó un trago del whisky con soda que se había preparado y se sentó junto a ella en el sofá.

–¿Por qué me rehuyes? –le preguntó–. Creía
que eras de la clase de personas que se enfrentan a
los problemas, no de las que les dan la espalda.

Ella tomó un sorbo de vino y dejó la copa en la
mesita.

–Normalmente soy de las personas que se enfrentan a las cosas, pero no sé cómo manejar esto.
Tenemos un acuerdo. Esto no es una relación normal. Es lo que les dijiste a tus amigos en la cena de
la otra noche.

Conner se pasó una mano por el pelo, algo que
sabía que era una mala costumbre.

–No dije nada sobre nosotros que no fuera cierto.

–Lo sé. Supongo que había empezado a pensar
que teníamos algo más.

–¿Algo más?

Nichole tomó otro sorbo de vino.

–A pesar del acuerdo, estoy empezando a sentir
algo por ti.

–Yo también.

Por fin ella sonrió.

–Esperaba que fuera así –dijo, quitándose las

gafas de la cabeza para dejarlas en la mesa–. La verdad es que no sabía cómo enfrentarme a la situación. Nunca antes he trabajado tanto por una relación como por esta.

–Es halagador y me gustaría que funcionase, pero no estoy seguro…

Se levantó y se acercó al ventanal desde el que se contemplaba una vista panorámica de la ciudad. Había algo de sí mismo que no había compartido nunca con nadie, y era que tenía miedo de parecerse a su padre en algo más que en los negocios. Bien podía ser él también de esa clase de hombres incapaces de querer a nadie.

–¿De qué no estás seguro?

–No estoy seguro de tener algo más que ofrecerte, aparte de lo que ya tenemos.

–Yo tampoco lo sé. ¿Y si lo intentamos los dos juntos?

El ofrecimiento era tentador, pero sabía que sería mentir si dejaba que se involucrara aún más.

–Mira, pelirroja, me encantaría decir que sí y ser felices y comer perdices, como me preguntaste en Matchmakers, pero me temo que no soy de esa clase de hombres.

–Lo que pasa es que no te atreves a correr el riesgo. Yo también tengo miedo, pero sé que puedes amar.

–No me da miedo.

–Sí. Lo que estás sintiendo es eso: miedo. Yo sé que puedes. Lo he visto con tu madre y tu hermana.

–Te estás agarrando a un clavo ardiendo –sentenció, cerrándose a ella en lugar de permitirle entrar. No iba a concederle ese poder sobre él a nadie, y menos a ella–. No puedo. Me gustas, eres sexy y estoy a gusto contigo, pero eso es cuanto puedo ofrecer. No siento ese hondo lazo contigo que podría ser amor.

–No te creo.

–Pues te engañas. El amor es una emoción superficial tras la que se esconde la gente para justificar su pérdida de control. Y yo no soy una de esas personas.

Nichole comprendió lo sincero que estaba siendo Conner al confesar que no podía amarla porque el amor, para él, era un sentimiento superficial. Pero a pesar de su sinceridad, no podía creerlo. Podía ver miedo en él porque era lo mismo que ella estaba sintiendo.

No sabía lo que les depararía el futuro. Había visto a sus padres aguantar juntos contra corriente en las primeras etapas de su matrimonio, para después acabar encontrando el modo de hacerlo funcionar. Y su padre siempre decía que había sido el amor que sentía por su madre lo que les había ayudado a sobrevivir como pareja.

–El amor no es superficial. Y no creo que tú lo pienses. Esa es la razón por la que no me echaste de tu despacho aquel primer día. Y también es la razón de que me invitases a asistir a la fiesta de tu madre el fin de semana. Sientes algo por mí, Conner, y ya puedes decir lo que quieras, que no vas a hacerme cambiar de opinión. ¿No estás dispuesto a darnos una oportunidad?

En su interior estalló el conflicto. Podía verlo simplemente observándolo. Había una agonía en su mirada que le hizo desear decirle que lo olvidara todo, pero ella no iba a poder continuar así. Desde el principio la emoción ilícita de ser su amante la había llevado en volandas, pero la realidad le había hecho daño.

No estaba segura de si le había reconocido como su… alma gemela. Eran tan parecidos en tantas cosas… sobre todo en cómo ambos tenían miedo de dejar que alguien se les acercara demasiado. Sin embargo, ella estaba dispuesta a correr el riesgo. Le franquearía la puerta de su vida y de su corazón. Obviamente él no estaba dispuesto a hacer lo mismo.

–No puedo –dijo al fin–. Cuando mi padre se marchó, y sobre todo del modo en que lo hizo, me juré que no permitiría que una persona tuviera ese mismo poder en mi vida. Nadie me haría daño, o me desilusionaría del modo en que él lo hizo.

–Yo no…

–No puedes tener ni idea de lo que va a pasar. Lo que aprendí entonces es que tengo que controlar a quién dejo entrar en mi vida. Y lo que he descubierto es que funciono mejor cuando no estoy con nadie. Pensé que haciéndote mi amante, teniendo siempre presente que eres periodista, sería capaz de mantenerte en un rincón seguro de mi vida. Haríamos el amor y disfrutaríamos con conversaciones banales, pero eso sería todo. Ahí terminaría todo.

–Pero no te salió así, ¿verdad?

Sus palabras estaban siendo como dagas clavadas en el corazón. Le estaba diciendo que tenía demasiado miedo para darle una oportunidad al amor. Y ella se había dado cuenta, precisamente con él, de que era la clase de mujer que necesitaba darle una oportunidad al amor para poder llegar a experimentarlo.

Fue allí, de pie, junto a él, cuando se dio cuenta de que todas las relaciones informales y divertidas que había mantenido tenían por objeto salvaguardar su corazón. Manteniéndolas así no había corrido riesgo alguno, hasta que conoció al hombre al que no quería dejar fuera.

Y ahora era él quien temía arriesgar por ella... por ambos.

—Creo que hemos descubierto algo más que eso. Al menos, yo. Y creo que tú también. De otro modo, no te preocuparía tanto que durmiera en tu cama.

Conner volvió a pasarse la mano por el pelo y se lo dejó todo revuelto. Estaba agitado. Era evidente que le había tocado la fibra. A lo mejor había conseguido llegar hasta él. Tal vez lo había convencido de que una relación seria era lo que ambos necesitaban.

—No te ilusiones demasiado —dijo—. Eres mi amante, y es importante que tengas tu propio espacio.

—Llegas tarde —contestó Nichole. Estaba viendo a Conner como ella quería que fuese, y quizás no como era de verdad—. Dime que sientes algo por mí.

—¿Por qué?

—Necesito tener algo a lo que agarrarme. Me

quedaré contigo y esperaré a que te sientas cómodo con mi presencia en tu vida, pero necesito saber que eres capaz de sentir algo por mí.

Comenzó a deambular por la habitación. Al parecer, estaba considerando su decisión con sumo cuidado. Podía notar la tensión que sentía por dentro. Nunca antes lo había visto así.

–Conner.

–¿Sí?

Tal vez le había pedido demasiado. A lo mejor le había presionado más de la cuenta en su afán de llegar al fondo de lo que sentía por ella. Pero también sabía que no tenía otra opción. No podía seguir viviendo con él y fingiendo que le parecía bien ser solo su amante.

Se le acercó y le rodeó con los brazos.

–Yo tampoco estoy segura de esto, pero sí que estoy dispuesta a correr el riesgo.

Él le devolvió el abrazo y Nichole sintió que el puño que le apretaba el estómago empezaba a aflojar. Conner bajó la cabeza y respiró hondo el aroma de su pelo. Luego le levantó suavemente la barbilla y Nichole se perdió en su mirada azul, pero no pudo leer nada en sus ojos.

Sus bocas se encontraron en un beso largo y dulce, y, cuando él se separó, Nichole supo que era la despedida.

–No puedo darte más que esto –dijo él, trazando la línea de su mejilla con el índice.

Nichole sintió una punzada de desilusión y de dolor también por ver rechazado su amor.

–No puedo seguir haciendo esto. Me marcho.

–No lo hagas.

–Tengo que hacerlo.

–¿Y tu historia?

Debía de estar muy desesperado para intentar retenerla allí recurriendo a su artículo. Y eso hizo su dolor mucho más penetrante.

–Tengo cuanto necesito para escribir mi historia.

Recogió el bolso y entró en el dormitorio para recoger su bolsa de viaje y el ordenador. Conner no la siguió, y, cuando volvió al salón, lo encontró exactamente en el mismo sitio en que lo había dejado.

Caminó hacia la puerta tan despacio como le fue posible, albergando la esperanza de que la llamara diciendo que había cambiado de opinión y pidiéndole que no se fuera, pero no ocurrió así.

Llamó al ascensor, y entre lágrimas se dio cuenta de lo estúpida que había sido. No había llorado así desde el día en que encontró a su madre tendida en el suelo junto a la cama. Tampoco había vuelto a sufrir de ese modo desde aquel día. Y en parte se preguntó si Conner sería consciente de lo que estaba haciendo. ¿Era más segura la vida cuando se les cerraba las puertas a los demás?

Capítulo Catorce

La semana siguiente resultó ser la más larga de la vida de Conner. Se la pasó centrado en el trabajo, alargando las horas que pasaba en la oficina porque su casa le resultaba insoportablemente vacía. Aunque Nichole apenas había pasado unos días en ella, había dejado huella en todas sus habitaciones.

Hizo que la señora Plumb recogiese el resto de sus pertenencias y que Randall se las llevara a su casa. No quedó ni rastro de ella en la casa, pero su presencia continuaba. Por las noches se plantaba delante de la puerta de la habitación de invitados y se preguntaba hasta qué punto había contribuido a su marcha aquella noche en que la devolvió a su cama.

Sonó el móvil. Era su hermana. No le apetecía hablar con ella, de modo que ignoró la llamada. Salió de la oficina y bajó al gimnasio del edificio. A lo mejor corriendo conseguía quitarse a Nichole de la cabeza.

Había leído su columna a diario con la excusa de ver si había escrito el artículo sobre él, pero no lo había publicado. Era una buena escritora, algo que supo desde que se vieron por primera vez, y le sorprendió lo mucho que le hicieron reír sus artículos sobre distintas personalidades, en parte por su forma de colarse por las rendijas de personas que él conocía bien, y por otra, por su aproximación irónica a los personajes.

Se cambió en el vestuario y entró en la sala. El teléfono le envió una alerta de Twitter. Su hermana había vuelto a mandarle un mensaje.

Pero no la llamó. No estaba preparado para hablar con Jane, ni con su madre tampoco. Había estado evitándolas a ambas porque no quería enfrentarse a sus preguntas sobre Nichole y sabía que se las harían.

Puso su teléfono en modo avión, seleccionó su lista de favoritos, en la que figuraban un montón de temas de heavy metal de los ochenta, y la puso en marcha.

Con el tema de AC/DC *Back in Black* atronando en los oídos, intentó encontrar el modo de distanciarse de sus sentimientos hacia Nichole. Pero seguía viendo su rostro mientras corría, y cuanto más se esforzaba, más lo veía. Esa sonrisa descarada y sexy del Cuatro de Julio. Su sensualidad aquella primera noche en su casa, con aquellos endemoniados vaqueros tan ajustados y la camiseta corta. Su expresión al revelarle el terrible secreto de su pasado. La vulnerabilidad que no le había ocultado, aunque no tenía por qué compartirla con él.

Treinta minutos después aminoró la marcha para ir abandonando la carrera, sin haber conseguido quitarse a Nichole de la cabeza. Se bajó de la cinta de correr, conectó de nuevo el teléfono y se encontró con que le habían entrado tres llamadas de Jane, que decidió seguir ignorando hasta que recibió un mensaje de texto: *Estoy preocupada por ti. Llámame.*

No quería que se preocupara, así que se duchó y marcó su número.

–¡Ya era hora! –protestó su hermana–. ¿Se puede saber dónde te habías metido?

–Pues he estado trabajando, Janey.

–Mamá se ha venido de los Hamptons porque hace más de una semana que no consigue hablar contigo.

–No tiene por qué hacer eso. La llamaré ahora mismo.

–Ya es tarde. Vamos a por ti. ¿Qué te pasa? No habías estado así… no recuerdo cuándo fue la última vez que dejaste de hablarnos. Y no me digas que es por asuntos de trabajo, que sé que ahora mismo no tienes nada gordo entre manos.

–¿Qué quieres decir con que venís a por mí?

–Que vamos a tu casa.

–Voy yo a veros –contestó él. No tenía ninguna gana de ir a su casa, y tampoco de verlas allí–. Estoy de camino.

–Conner, ¿estás bien?

–Sí. Es que he tenido mucho lío, de verdad.

–Está bien. ¿Viene Nichole contigo? A mí me cae bien, y mamá quiere conocerla.

Por supuesto que su madre quería conocerla. Gracias a Jane, debía de pensar que Nichole y él eran pareja. Y gracias a su propia torpeza, ya no era cierto.

–No. Ya no salimos juntos.

–Oh… ¿y eso?

–Quería algo de mí que yo no podía darle –dijo tras una larga pausa.

–¿Y qué quería?

–Pues seguramente lo mismo que Palmer quiere de ti.

–¿Qué nos pasa, Conner? ¿Por qué no podemos enamorarnos?

–No lo sé, Janey. Supongo que los dos tenemos miedo de las consecuencias.

–Supongo que tienes razón. Ojalá no fuera así.

–Aún no es tarde para ti. Palmer no es como papá.

–Ya lo sé, pero aun así no termino de confiar en él. Me da miedo.

Conner sabía exactamente lo que sentía su hermana.

–Lo sé.

No quería pensar en lo diferente que era Nichole, o en los sentimientos que le inspiraba. Solo quería encontrar un lugar en el que adormecer sus emociones para poder encontrar el modo de seguir viviendo sin ella. El precio de tenerla en su vida era demasiado alto, y no estaba dispuesto a pagarlo.

La primera semana que transcurrió después de dejar a Conner fue la más dura. Se pasó horas encerrada en la redacción escribiendo sobre las vidas de otros, y lo más duro fue tener que hacerlo sobre los progresos que Rikki y Paul estaban haciendo en *Sexy and Single*.

El café pasó a ser su único sustento. La segunda semana después de haberlo dejado, se despertó el domingo por la mañana y llegó a la conclusión de que no quería salir de su piso.

Trasladó la cafetera al salón, puso *Tras el corazón verde* en el DVD y se sentó delante de la pantalla a llorar. Deseaba que Conner se presentara inesperadamente ante su puerta para declararle su amor.

Unos golpecitos en la puerta la sobresaltaron porque eran pocas las ocasiones en que… bueno, pocas no. Nunca recibía visitas. No pudo evitar que la esperanza le floreciera en el pecho mientras iba a abrir. Sabía que debía de tener una pinta horrible, despeinada y aún en pijama a pesar de que ya era por la tarde, pero no le importó.

Miró por la mirilla y vio que Gail y Willow estaban allí. Rápidamente se pasó las manos por el pelo, descorrió el cerrojo y abrió la puerta.

–Ya te había dicho que tenía que estar enferma –dijo Gail, entrando en el piso y mirando a su alrededor.

–No está enferma –la contradijo Willow–. Está escondida.

–¿Qué hacéis aquí las dos?

–No has venido a comer –dijo Willow–, y tú nunca te pierdes una comida. Y menos sin avisar. ¿Estás bien?

Se había olvidado: era el cuarto domingo del mes.

–Ay, Dios, perdonadme. He perdido la cuenta de los días.

Gail le puso una mano en la frente.

–No tienes fiebre, pero tienes los ojos llorosos y la nariz como un pimiento.

Willow había entrado ya al salón y vio la cafetera en la mesita del rincón, y el montón de pañuelos usados en el sofá.

—¿Por qué está la cafetera en el salón?

—No quiero tener que ir hasta la cocina.

—¿Es por Conner? —preguntó Willow.

Se le pasó por la cabeza la idea de mentir. Les diría que había tenido mucho trabajo y que necesitaba un día de descanso y pijama, pero no colaría.

—Hemos terminado.

—¿Y por qué no nos has llamado? —preguntó Gail—. Sé lo que te costó tomar la decisión de irte a vivir a su casa.

Nichole se sentó en el sofá, y sus amigas hicieron lo mismo.

—Es que no quería hablar de él. Aún no tengo claro qué siento yo.

—Cuéntanoslo todo —dijo Will.

—Pues que me he enamorado de él. Debería haberme imaginado que acabaría ocurriendo, sobre todo porque mi instinto me advertía que no accediera a ser su amante. Es de esa clase de hombres que no se sienten seguros cuando se descubren enamorados. Supongo que tiene miedo. Bueno, la verdad es que no sé qué piensa, pero le pedí que le diera una oportunidad a nuestra relación y me contestó que no.

—¿Por qué?

—Porque no cree en el amor. Y entiendo por qué. Su padre lo dejó colgado en pleno escándalo, y Conner ni siquiera tuvo ocasión de hablar con él porque falleció en un accidente aéreo.

—Tiene problemas —resumió Gail—. ¿Ha hablado de ello contigo?

—No. No quiere. Le gusta su vida tal y como es.

171

Le gusta estar solo. A mí también me gustaba, hasta que lo conocí a él.

–Lo siento –dijo Gail.

–Yo también. ¿Lo odiamos por ello? –apuntó Willow.

–No, no vamos a odiarlo. Siento lástima por él. Y estoy intentando olvidarlo.

–¿Lo consigues? –preguntó Willow.

–Por ahora, no… es más, creía que quien llamaba a la puerta era él.

–Pues siento que no lo fuéramos –dijo Gail–. Si quieres olvidarlo, tienes que salir de casa.

–¿Por qué?

–Porque como te quedes aquí, no dejarás de pensar en él ni un momento. Russell y yo vamos a salir a navegar esta tarde. ¿Por qué no te vienes con nosotros?

Nichole quería mucho a su amiga, pero lo último que le apetecía era pasar una tarde con una pareja enamorada, y menos aún navegando, que era el pasatiempo favorito de Conner.

–No, gracias. Quiero volver a ver *Tras el corazón verde*.

–No. Ahora no puedes ver películas románticas. Solo conseguirás seguir alimentando la esperanza.

–Lo sé, pero es lo que quiero. Necesito hacerlo. No os preocupéis, que no me va a pasar nada. Es solo un desengaño. Me repondré con el tiempo.

–¿Quieres estar sola? –preguntó Gail.

–Hoy sí, pero no para siempre. Creo que estoy de duelo por lo que podría haber sido, y lo más triste es que sé que la única que ha soñado con ello he sido yo. Conner nunca hizo ni dijo nada que pudiera hacerme creer que iba a cambiar.

—Eso ya no importa, ¿no? –preguntó Willow.

—No. Que os divirtáis esta tarde, Gail.

—¿Seguro que vas a estar bien?

—Sí, no te preocupes. Idos las dos.

—Yo me quedo –se ofreció Willow.

—Tú odias esta peli, y no quiero que me la estropees comentando lo malo que es el guion.

Willow se echó a reír y Nichole se sintió un poco mejor al ser consciente de que aquellas dos mujeres eran sus amigas.

—Solo necesito compadecerme de mí misma un poco esta tarde. En un abrir y cerrar de ojos, volveré a ser la de siempre.

Sus amigas se marcharon, y poco después se dio cuenta de que empezaba a encontrarse mejor. Seguía echando de menos a Conner, pero tener la certeza de que estaba fuera definitivamente de su vida la empujó a empezar a acostumbrarse a vivir sin él. Escribiría el reportaje que tenía pensado escribir sobre él y pasaría página.

El verano había dado paso ya al otoño, y a Conner le habría gustado poder decir que, con el paso del tiempo, había dejado de pensar en Nichole constantemente, pero no era así.

Su estado de ánimo alternaba entre la rabia contra sí mismo y el enfado con ella por hacerle sentir algo después de tanto tiempo. Había escrito su reportaje sobre Matchmakers Inc., y él había disfrutado leyéndolo, pero no había escrito la historia sobre su pasado, la que él tanto temía. Era la prueba de que tenía más integridad de lo que él creía.

Ojalá existiera un modo de volver a verla y empezar de nuevo, pero sabía que no podía ser. Habían transcurrido ya más de dos meses desde que ella se marchó de su casa, y no había pasado un solo día en que no pensara en ella.

Le habían invitado a asistir al último episodio de la tercera pareja que aparecía en *Sexy and Single*, e iba a asistir. Le había dicho a su secretaria que acudía porque era lo que se esperaba de él, pero lo cierto era que sabía de la amistad que unía a Willow y Nichole, y confiaba en que ella estuviera allí, o que al menos pudiese mencionar de pasada su nombre ante Willow y enterarse de qué tal estaba.

Entró en el salón de baile del Kiwi Klub, que era donde iba a rodarse el último capítulo, y vio a su amigo Russell de pie cerca de la pared. Lo saludó con un gesto de la mano y Conner avanzó hacia él mientras miraba a la gente allí congregada por si distinguía a Nichole. Pero no vio por ningún lado su melena pelirroja.

–Hola, Conner. ¿Qué tal? –lo saludó Russell.

–Tirando.

–Hace tiempo que no te veo por el club náutico.

–He tenido mucho trabajo –contestó. Y era cierto. Su personal empezaba a quejarse de las horas que pasaba en la oficina porque les pedía que trabajasen tanto como él. Sabía que se había convertido en un tirano, pero era el único tiempo en que dejaba de pensar en Nichole.

–Sé muy bien lo que es eso. La semana que viene me marcho para arrancar con mi primer complejo de vacaciones en familia.

–¿Qué tal te va con eso?

–Bien. Es un mercado completamente distinto, y me gusta tener un reto entre manos.

–¿Se va Gail contigo?

Gail también era una de las mejores amigas de Nichole.

–Sí. Le he dicho que necesitaba tener a mi prometida al lado –contestó Russell.

–Es cierto –corroboró Gail, que acababa de unirse a ellos–. Y puesto que el primer complejo es en Los Ángeles, he decidido combinarlo con un viaje de trabajo. Me reuniré con algunos clientes.

Conner quería hacer algunas preguntas inocentes sobre Nichole, como quien no quería la cosa, pero fue incapaz.

–Hola, Gail. ¿Cómo está Nichole? –le espetó.

–Bien. Pero puedes preguntárselo directamente a ella. Está allí.

Conner se volvió. Nichole acababa de entrar. Tenía buen aspecto. Estaba más delgada de lo que la recordaba y con los pómulos más marcados. Su melena también parecía más densa. Permaneció quieto, contemplándola de arriba abajo, hasta que llegó al estómago y notó un pequeño abultamiento.

Echó a andar hacia ella preguntándose si no estaría viendo visiones. Pero conocía su cuerpo íntimamente y antes no era así. Ella lo vio de pronto e interrumpió su conversación.

–¿Puedo hablar contigo un momento en privado? –le preguntó Conner.

Ella asintió, salió del salón de baile, y llegó a un discreto banco colocado bajo una ventana.

Él la siguió mientras se decía lo mucho que la había echado de menos y sin dejar de darle vueltas a la posibilidad de que estuviera embarazada. Recordó que la segunda vez que habían hecho el amor, no había usado protección.

–¿Qué puedo hacer por ti? –preguntó Nichole, deteniéndose junto al banco.

–¿Estás embarazada? –le espetó Conner.

–Sí.

–¿Por qué no me has llamado para decírmelo?

No podía procesarlo todo al mismo tiempo, y se aferró a la ira como tabla de salvación para aquel encuentro. Se sentía presa de emociones contradictorias.

–¿Por qué iba a hacerlo?

–Porque yo soy el padre.

No le hizo falta preguntarle, porque sabía que Nichole no habría pasado a salir con otro hombre con tanta rapidez. Él había sido distinto para ella como ella lo había sido para él.

De golpe se dio cuenta de todo: la razón por la que no había sido capaz de olvidarla era que él también la quería. Pero ahora eso no importaba, porque ella pensaría que lo que le dijera estaría motivado por su embarazo. Ya era demasiado tarde.

Capítulo Quince

Nichole no supo qué decirle a Conner. ¿Con qué palabras decirle que quería que fuera a buscarla por ella, y no porque estuviera embarazada de él?

–No pensé que fuera a importarte –fue lo que dijo al final. Debería haber estado mejor preparada para aquel encuentro, pero no lo estaba. Reparó en que se había cortado el pelo y deseó acariciárselo. Se había afeitado hacía poco, pero parecía cansado.

Le había echado de menos. Cada noche se había abrazado a la almohada que él había utilizado cuando había dormido en su cama. Muchas veces se había preguntado qué le diría a su hijo cuando preguntara por su padre, pero tampoco había encontrado aún palabras para ello.

–¿Y por qué no iba a importarme?

–Pues porque dijiste que no me necesitabas en tu vida, y estoy segura de que, cuando me viste salir, pensaste que no volverías a verme. ¿Por qué un bebé iba a cambiar eso?

–Porque es mi hijo.

Fue a tocarla, pero ella retrocedió.

–¿Ahora me quieres en tu vida por el bebé? Eso no voy a aceptarlo.

Estaba claro que no sabía cómo actuar, y quiso

ofrecerle ayuda, pero se conocía lo suficiente para darse cuenta de que no podía anteponerle. Desde el instante en que supo que estaba embarazada, había dejado de lamentarse por su corazón partido.

–Siento mucho que pienses así, pero quiero a mi hijo.

Habría querido que le dijera que también la quería a ella, pero sabía que tenía que dejar de esperar que reaccionara como ella quería.

–Ya hablaremos de esto en otro momento. Tengo que volver al salón.

–No. Tenemos que terminar de hablar de ello ahora. Quiero que vuelvas a mudarte a mi casa para que pueda cuidar de ti mientras estés embarazada.

–¿Y por qué quieres hacer eso?

–Yo… por el niño, claro está.

–Ah, por el niño. En ese caso, mi respuesta es no. Redactaremos un acuerdo de custodia una vez haya nacido.

–¿Por qué no intentas por lo menos ponerte de acuerdo conmigo?

–Porque necesito algo de ti que tú no puedes darme. Dijiste que no podrías confiar en nadie, pero yo no soy nadie, yo soy yo. Y si hubieras hablado de mí, solo de mí, quizás hubiera vuelto contigo. No tienes ni idea de lo mucho que te he echado de menos –admitió Nichole. Decirlo en voz alta resultó catártico.

–Yo también te he echado de menos.

–¿Ah, sí?

–Sí.

–¿Y por qué no me has llamado? –le preguntó.
Si volvía a partirle el corazón, no se recuperaría jamás.

–Porque no me iba tan mal sin ti.

–¿Y qué ha cambiado? –le preguntó, aferrándose a la esperanza de ver algún signo de que la quisiera.

–Haberte visto hoy. Saber que vas a tener un hijo mío.

El niño. Esa era la razón de que no se lo hubiera dicho antes, a pesar de la insistencia de Gail. No la quería, pero, si sabía que estaba embarazada, intentaría convencerla de que volviera.

–Lo siento, Conner, pero eso no me sirve.

Le vio pasarse la mano por el pelo como hacía siempre que estaba nervioso.

–Esto es todo lo que tengo –dijo por fin–. No puedo ser quien no soy.

Eso ya lo sabía, y le apretó brevemente el hombro antes de soltarse de él.

–Sé que no puedes, pero no me culpes por esperar que pudieras serlo.

Se alejó con la misma dificultad que la primera vez. Era lo que tenía que hacer, así que continuó andando sin mirar atrás.

Cuando entró en el salón de baile y tuvo frente a sí todos los adornos del romance, sintió como si le hubieran dado un golpe en el pecho. ¿Por qué no se habría podido enamorar de un hombre que también la quisiera a ella?

¿Por qué siempre tenía que sentirse atraída por hombres que solo querían divertirse sin compromiso alguno? ¿Y por qué, cuando su deseo cambiaba, no le enviaba el destino un hombre que quisiera lo mismo que ella?

Estaba a punto de romper a llorar e intentó encontrar un rincón tranquilo al que retirarse, pero al volverse hacia la puerta vio a Conner y ambos se miraron inmóviles un momento. Fue él quien al final alzó la mano a modo de despedida, se dio la vuelta y desapareció.

Y Nichole, con el corazón latiéndole pesadamente en el pecho, supo que había algo peor que aquellos pasos con que había recorrido el vestíbulo para alejarse de él: ver cómo era él quien se alejaba de ella. Guardara lo que guardase el futuro para su hijo, aquel era el momento final para ellos.

El domingo por la mañana, a Conner lo despertó una llamada de su madre.

–Buenos días, hijo. ¿Has visto el dominical de *America Today*?

Conner se incorporó en la cama y a duras penas miró el reloj. Eran las siete de la mañana. El día anterior, después de haber visto a Nichole, tuvo un romance con la botella, y la cabeza le dolía horrores. ¿Qué le había preguntado su madre?

–¿Qué?

–Hay un artículo sobre nosotros en *America Today* –aclaró su madre–. ¿Lo has leído?

–No. ¿Cómo que sobre nosotros?

–Sobre nuestra familia… bueno, básicamente sobre ti. ¿Quieres que te lo lea?

–Vale.

–«Tras las bambalinas con los ricos y famosos,

por Nichole Reynolds. Como muchos de ustedes, crecí leyendo sobre la vida de los ricos y famosos. Siendo una adolescente, envidiaba su vida de privilegios, sus coches y ropas. A medida que me fui haciendo mayor e inicié mi carrera como colaboradora para el *America Today*, empecé a adquirir una mayor perspectiva sobre sus vidas y he visto que, tras la fachada privilegiada de muchos de ellos, son personas con preocupaciones que a mí nunca se me habría ocurrido tener. Pero, cuando me senté a escribir este artículo sobre Conner Macafee, empecé a entenderlo.

»Como todos ustedes, a menudo me había preguntado qué se escondería tras su gélida mirada azul, y cómo el escándalo que rodeó la vida y la muerte de su padre le habría afectado. Quería saberlo no porque su conocimiento pudiese aportarle algo a mi vida, sino simplemente porque era una historia jugosa.

»Nunca había pensado en el impacto que escribir sobre los ricos y famosos puede tener sobre ellos. Es evidente que a algunos de ellos les gusta esa publicidad, pero Conner siempre se había mantenido al margen de todo eso, y de ahí mi interés por saber más. Y, cuando por fin se me presentó la oportunidad de hablar con él, me sorprendió descubrir que se trataba de una persona tratable y humana.

»Su familia no era el caos disfuncional en el que muchos de nosotros nos habríamos visto sumidos si nos hubiera ocurrido algo similar. Su madre, su hermana y él están muy unidos por lazos de amor familiar, y los tres han seguido adelante con sus vidas del modo en que lo hacen las familias de verdad: apoyándose los unos a los otros.

»Y esta periodista ha comprendido que lo mejor que podía hacer era dejar el pasado en el pasado. Examinar su vida me ha enseñado una importante lección sobre cómo lidiar con el presente y pasar página. Solo puedo desear que yo fuera capaz de enfrentarme a un incidente semejante con la misma dignidad con que lo hizo el clan Macafee».

Las palabras quedaron suspendidas en el aire.

–Y eso es todo –concluyó su madre–. Es un artículo bonito. ¿Por qué la has dejado marchar?

Conner aún estaba asimilando lo que Nichole había escrito. No hablaba de ellos como familia, sino de él, y tenía la sensación de que lo hubiera escrito solo para sus ojos.

–Me ha dado miedo que se quedara.

Oyó suspirar a su madre.

–Yo cometí un error en aquellos años, hijo. Cuando ocurrió lo de tu padre, decidí huir, llevándoos a ti y a tu hermana conmigo. Dejé de asistir a actos benéficos, intentando esconderme, pero fue una torpeza por mi parte.

–Lo hiciste lo mejor que pudiste, madre.

–Antepuse mis necesidades y os di un mal ejemplo a los dos. En lugar de dar la cara y buscar el modo de seguir adelante, me escondí de mí misma y mi propio dolor, y con ello solo conseguí que los dos acabarais teniendo miedo de amar. Nunca fue esa mi intención.

–Yo no te culpo.

–Pero culpas a tu padre. Y yo también, pero lo

cierto es que él ya no está y deberíamos dejarle en el pasado, como dice Nichole. Yo lo que quiero es que no le cierres las puertas al futuro.

Él también lo deseaba.

—Mamá, ¿y si resulta que soy como papá y no me basta con tener una mujer?

—Nunca has salido en serio con nadie, pero por lo que dice Jane, lo de esta chica sí lo es. Es la primera, ¿no?

—Sí.

—Tu padre nunca fue hombre de una sola mujer. Tuve que pelear por conseguirle, y fue una lucha constante lograr retener su atención. No creo que te parezcas en nada a él.

A su padre le gustaba flirtear, y no se había cruzado una sola mujer en su vida a la que no hubiera intentado encandilar.

—Supongo que es que no quiero dejar que entre en mi vida. ¿Y si no soy capaz de hacerlo funcionar?

—Estar enamorado es el sentimiento más maravilloso que existe, y aun en el caso de que no llegara a funcionar, nadie podría quitártelo. Pero antes tienes que correr el riesgo.

Sus palabras liberaron algo en su interior.

—Gracias, mamá.

—De nada, hijo. ¿Crees que tardaré mucho en conocer a Nichole?

—Si soy capaz de arreglarlo, creo que muy poco.

Aún sentía martillazos en la cabeza, pero el cansancio había desaparecido. Colgó tras despedirse de su madre y se levantó con la intención de trazar un plan para recuperar a Nichole.

Se duchó, se afeitó y se miró en el espejo, pero seguía sin tener ni idea de lo que podía hacer. Solo sabía que quería recuperarla.

Al final hizo lo único que podía hacer, descolgar el teléfono, marcar su número y esperar.

No contestó, de modo que le dejó un mensaje en el contestador:

—*Soy Conner. He leído el artículo del dominical y tenemos que hablar.*

Colgó. Esperó cinco minutos y volvió a llamar, pero al no contestarle ella, colgó de nuevo. Tenía que ocuparse de más cosas.

La quería, y quería asegurarse de que lo supiera. Salió de su casa para ir a la joyería. Lo primero que quería comprar era un anillo de compromiso, porque no podía decirle que la quería y luego no pedirle que compartiera el resto de su vida con él.

Lo segundo que compró fue una pulsera con unos pequeños colgantes. No había pensado hacerlo, pero cuando vio los destellos de mil colores del cristal de Swarovski pensó en ella, en el día que se habían conocido y en cómo los fuegos artificiales estallaron entre ellos. Ya iría llenando la pulsera con otros colgantes a medida que su vida juntos fuera progresando.

Pidió flores y champán, y decidió volver a casa a esperar que le devolviera la llamada. Por fin lo hizo, a las tres de la tarde, cuando estaba a punto de volver a salir para ir a su casa.

—Hola, Nichole.

—Hola, Conner. ¿Qué pasa?

—Necesito que vengas a mi casa para hablar del artículo que has escrito.

–No sé si es buena idea.

–Por favor –le rogó–. Creo que después de todo lo que hemos pasado, deberías venir.

Ella suspiró.

–Está bien. Puede que me cueste un rato encontrar un taxi.

–Randall te está esperando en la puerta.

Colgó y miró a su alrededor para asegurarse de que todo estaba como él lo quería. A continuación, se sentó para esperar los quince minutos más largos de toda su vida. Cuando oyó el timbre del ascensor y sus pasos en el vestíbulo, tuvo que secarse las palmas de las manos en el pantalón y rogar por que aún lo quisiera lo suficiente para aceptarlo.

Nichole no se podía creer que hubiera aceptado volver allí. Se decía que lo hacía por su hijo, pero sabía que en el fondo seguía ardiendo la llama de la esperanza de un futuro juntos.

Conner le abrió la puerta antes de que hubiera llegado ante ella y sus pasos se paralizaron. Verlo allí le había recordado lo doloroso que le había resultado decirle adiós la última vez. Y se dio cuenta de que, por mucho que desease que fuera diferente, aquel encuentro terminaría del mismo modo con toda probabilidad.

¿Se habría vuelto masoquista?

–Adelante –la invitó a entrar, haciéndose a un lado.

Apenas había traspasado el umbral, Conner la abrazó, apretándola contra su pecho de tal modo que la llama de la esperanza volvió a brillar.

Se inclinó sobre ella para besarla dulcemente, despacio, acariciándole la espalda, y no tuvo más remedio que pensar que la había invitado a su casa porque por fin se había dado cuenta de que la quería.

La tomó en brazos y entró con ella. Nichole vio que las rosas cubrían todas las superficies disponibles del salón. La dejó en el sofá, y en lugar de sentarse a su lado, permaneció de pie.

–Gracias por venir.

–De nada. Siento no haberte enviado una copia del artículo antes de que se publicara.

–No importa. No te he llamado para hablar de eso.

–Entonces, ¿para qué me has llamado?

Vio que se pasaba la mano por el pelo en ese gesto tan suyo que desvelaba que lo que le iba a decir era difícil para él. Solo lo hacía cuando estaba nervioso.

–Te he pedido que vinieras porque me he dado cuenta de lo idiota que he sido. Dejar que te marcharas la primera vez fue una estupidez, pero dos, es completamente inaceptable.

–Estoy de acuerdo. ¿Y qué te ha hecho cambiar de opinión?

Conner apoyó una rodilla en el sofá y puso la mano sobre su vientre.

–No quiero que nuestro hijo crezca como nosotros, envuelto en secretos y mentiras. Y eso es lo que ocurrirá a menos que te diga algo hoy.

–¿Qué? Yo no podría vivir con un hombre que no me quisiera.

–Lo sé, y no vas a tener que hacerlo porque yo te quiero, Nichole.

–¿Estás seguro? Porque hace unos días no te creías capaz de quererme.

Conner asintió.

–Estoy completamente seguro. No me ha costado mucho darme cuenta de que te quería, y que lo que tenía era miedo de admitirlo. Pero que no lo reconociera no quiere decir que no estuviera seguro. Te he echado tanto de menos estos dos meses... me pasaba las horas pensando en ti. Te quiero, y espero que tú aún sigas queriéndome, pero, si no es así, estoy decidido a ser el hombre que necesitas para poder volver a ganarme tu amor.

–Yo te quiero –contestó ella, acariciándole una mejilla con una mano mientras que con la otra cubría la que él le tenía puesta en el vientre.

Conner se incorporó y tiró de ella.

–No puedo vivir sin ti –le susurró al oído–. Sé que tu vida sería más fácil con un hombre más abierto a los sentimientos que yo, pero no encontrarás a otro que te quiera más que yo.

–Yo tampoco quiero vivir sin ti –respondió, ella, besándole.

–Bien –dijo Conner, y clavó una rodilla en el suelo antes de sacarse una cajita del bolsillo–. Nichole Reynolds, ¿me harías el honor de ser mi esposa?

Ella se arrodilló delante de él y se puso el anillo.

–Sí, Conner, seré tu esposa.

Conner la abrazó con fuerza y volvió a sentarla en el sofá.

–Sé que estás embarazada, pero ¿puedes tomar un sorbo de champán para sellar nuestro compromiso?

–Un sorbo.

–Mientras yo abro la botella, ¿por qué no abres tú esto? –le preguntó él, entregándole la otra caja.

–Me vas a malcriar.

–Creo que tengo derecho a hacerlo. Al fin y al cabo, soy el hombre que te quiere.

A Nichole le encantó la pulsera con aquellas delicadas miniaturas.

–Supongo que ya no voy a tener que colarme en tus fiestas.

–No. Tendrás acceso ilimitado a mi vida por toda la eternidad.

Después del brindis, Conner la llevó al dormitorio y le hizo el amor. Pasaron la tarde el uno en brazos del otro, hablando sobre el futuro y haciendo el amor.

Nichole se quedó dormida sabiendo que lo había conseguido todo: la historia de su vida y al hombre de sus sueños.

En el Deseo titulado
Tomando las riendas,
de Katherine Garbera,
podrás terminar la serie
EMPAREJADOS

Deseo

CÓMO SEDUCIR AL JEFE

JILL MONROE

Era la ayudante perfecta, o al menos lo fue hasta que accedió a que la hipnotizaran en una fiesta. De la noche a la mañana, la eficiente y recatada Annabelle Scott se convirtió en toda una seductora que se pasaba el día pensando cuál de sus atrevidos atuendos sorprendería más a su jefe, Wagner Achrom.

Wagner era muy atractivo y tan adicto al trabajo que apenas notaba que Annabelle existía. Pero ella tenía intención de hacer que todo eso cambiara, pues se había dado cuenta de lo que se podía lograr si se era lo bastante atrevida.

Ser mala podía llegar a ser algo muy,
muy bueno...

¡YA EN TU PUNTO DE VENTA!

Acepte 2 de nuestras mejores novelas de amor GRATIS

¡Y reciba un regalo sorpresa!

Oferta especial de tiempo limitado

Rellene el cupón y envíelo a
Harlequin Reader Service®
3010 Walden Ave.
P.O. Box 1867
Buffalo, N.Y. 14240-1867

¡Sí! Por favor, envíenme 2 novelas de amor de Harlequin (1 Bianca® y 1 Deseo®) gratis, más el regalo sorpresa. Luego remítanme 4 novelas nuevas todos los meses, las cuales recibiré mucho antes de que aparezcan en librerías, y factúrenme al bajo precio de $3,24 cada una, más $0,25 por envío e impuesto de ventas, si corresponde*. Este es el precio total, y es un ahorro de casi el 20% sobre el precio de portada. !Una oferta excelente! Entiendo que el hecho de aceptar estos libros y el regalo no me obliga en forma alguna a la compra de libros adicionales. Y también que puedo devolver cualquier envío y cancelar en cualquier momento. Aún si decido no comprar ningún otro libro de Harlequin, los 2 libros gratis y el regalo sorpresa son míos para siempre.

416 LBN DU7N

Nombre y apellido	(Por favor, letra de molde)

Dirección	Apartamento No.

Ciudad	Estado	Zona postal

Esta oferta se limita a un pedido por hogar y no está disponible para los subscriptores actuales de Deseo® y Bianca®.
*Los términos y precios quedan sujetos a cambios sin aviso previo.
Impuestos de ventas aplican en N.Y.

SPN-03   ©2003 Harlequin Enterprises Limited

Cuando el jeque Sharif le ofreció a Irene Taylor que fuera la señorita de compañía de su hermana y ganar más dinero del que había ganado en toda su vida, no pudo rechazarlo porque, por fin, podría sostener a su familia. Irene era inocente, pero sabía muy bien que los playboys como Sharif dejaban un rastro de desolación a su paso, y estaba dispuesta a resistirse a su habilidosa seducción...

Sharif sobresalía en cualquier sitio, pero, sobre todo, en la cama. Todavía no había comunicado su compromiso y disfrutaría de la libertad hasta que lo hiciera. La intrigante Irene sería el perfecto desafío final antes de que se entregara a una vida dominada por el deber.

El desafío final del jeque

Jennie Lucas

TENTACIÓN ARRIESGADA

ANNE OLIVER

Lissa Sanderson estaba pasando por el peor momento de su vida, y justo entonces tuvo que aparecer el mejor amigo de su hermano, el guapísimo e inaccesible Blake Everett, del que siempre había estado enamorada a pesar de su mala reputación y su carácter reservado y solitario.

Pero Lissa ya no era una adolescente cándida y soñadora, y Blake no era tan inmune a sus encantos de mujer como aparentaba ser...

¿Caería en la tentación el taciturno e irresistible Blake?

¡YA EN TU PUNTO DE VENTA!